诗文

Shiwen
Tongxin

黄乃斌　编著

全国百佳图书出版单位
时代出版传媒股份有限公司
黄　山　书　社

图书在版编目(CIP)数据

诗文童心/黄乃斌编著.—合肥:黄山书社,2019.12
ISBN 978-7-5461-8903-1

Ⅰ.①诗… Ⅱ.①黄… Ⅲ.①古典诗歌-诗集-中国-少儿读物 Ⅳ.①I222

中国版本图书馆 CIP 数据核字(2020)第 007873 号

诗文童心 **黄乃斌 编著**

出 品 人 贾兴权
责任编辑 张向奎 胡 月
责任印制 李 磊
装帧设计 钱志刚
出版发行 黄山书社(http://www.hspress.cn)
地址邮编 安徽省合肥市蜀山区翡翠路 1118 号出版传媒广场 7 层 230071
印　　刷 永清县晔盛亚胶印有限公司
版　　次 2020 年 9 月第 1 版
印　　次 2020 年 9 月第 1 次印刷 2023 年 6 月第 2 次印刷
开　　本 700mm×1000mm 1/16
字　　数 100 千字
印　　张 9.75
书　　号 ISBN 978-7-5461-8903-1/01
定　　价 42.00 元

服务热线 0551-63533706
销售热线 0551-63533761
官方直营书店(https://hsss.tmall.com)

前 言

习近平总书记在多种场合都作出这样的论述:文化是一种精神、一种信念、一种力量,是民族的血脉,是人民的精神家园。中华优秀传统文化,是中华民族的“根”和“魂”,是中华民族的血脉,是中华民族精神的标识,是当代中国核心价值观的思想渊源,也是全人类弥足珍贵的精神瑰宝。青少年正处于人生观、世界观、价值观形成的阶段,学习中华优秀传统文化也是丰富精神家园的最佳渠道之一。

笔者从事小学语文教学27年,一直有个心愿,就是能编撰一部适合少年儿童阅读的古诗文作品,以培养他们的国学素养,提高其古诗文阅读鉴赏能力。之所以有这样的心愿,是因为:第一,自己对传统文化的喜爱;第二,希望学生更多地去吸取一些传统文化的精髓,增强对中华优秀传统文化的认同感。

诸葛亮说:“夫君子之行,静以修身,俭以养德。非澹泊无以明志,非宁静无以致远。”这是希望大家摒弃浮躁,修身养性。朱熹说:“未觉池塘春草梦，阶前梧叶已秋声。”这是提醒大家光阴似箭，时不我待！优秀的传统文化可以教会我们求学、做事、做人的道理。因此，我们需要学习中华优秀传统文化，更要把优秀传统文化的种子播撒到青少年的心灵深处，让它们开花结果，影响青少年的一言一行。

愿中华优秀传统文化扎根于我们心灵的深处！

黄乃斌

2020 年 7 月 8 日

目 录

诗词童趣

古文童心

诗词童趣

长歌行

（汉）乐府诗

青青园中葵①，朝露②待日晞③。
阳春布④德泽⑤，万物生光辉。
常恐秋节⑥至，焜黄⑦华⑧叶衰⑨。
百川⑩东到海，何时复西归？
少壮不努力，老大徒伤悲。

注　释

①园中葵：园子中的蔬菜，“葵”是中国古代重要蔬菜之一。

②朝露：清晨的露水。

③待日晞：等到天亮。

④布：布施，给予。

⑤德泽：恩惠。

⑥秋节：秋季。

⑦焜（kūn）黄：形容草木凋落枯黄的样子。

⑧华（huā）：同“花”。

⑨衰：凋零。

⑩百川：很多条河流。

赏　析

诗人借百川归海、一去不回比喻时光匆匆易逝，感慨“少壮不努力，老大徒伤悲”。大自然中的万物会随着时光的流逝而改变模样，世人更要珍惜光阴，有所作为。全诗从青葵写起，联想时间带来的四季变化、大自然的变化，并以江河作比，告诉我们时间如流水，一去不复返，所以我们应当抓紧时间奋发努力。

杂诗(节选)

(晋)陶渊明

盛年[1]不再来,
一日难再晨。
及时[2]当勉励[3],
岁月不待[4]人。

注释

①盛年:壮年。

②及时:趁盛年之时。

③勉励:鼓励。

④待:等待。

赏析

青春年少的时光不会重来,就像一天之中只能有一个早晨。人生最美好的时光要懂得珍惜,应及时抓住这一美好时光而努力奋斗,否则,岁月匆匆,时光不会等待你。年轻人要把握住青春的美好时光,力求上进,努力进取。

本诗节选自陶渊明《杂诗》第一首(后四句),勉励年轻人要珍惜光阴,抓紧时间,努力学习。全诗内容慷慨激越,令人振奋。

木兰诗

（南北朝）乐府诗

唧唧复唧唧，木兰当户织。不闻机杼声[1]，唯闻女叹息。

问女何所思，问女何所忆。女亦无所思，女亦无所忆。昨夜见军帖，可汗大点兵，军书十二卷，卷卷有爷名。阿爷无大儿，木兰无长兄，愿为市[2]鞍马，从此替爷征。

东市买骏马，西市买鞍鞯，南市买辔头，北市买长鞭。旦辞爷娘去，暮宿黄河边，不闻爷娘唤女声，但闻黄河流水鸣溅溅。旦辞黄河去，暮至黑山头，不闻爷娘唤女声，但闻燕山胡骑鸣啾啾。

万里赴戎机[3]，关山度[4]若飞。朔气传金柝，寒光照铁衣。将军百战死，壮士十年归。

归来见天子，天子坐明堂。策勋十二转[5]，赏赐百千强[6]。可汗问所欲，木兰不用尚书郎，愿驰千里足，送儿还故乡。

爷娘闻女来，出郭[7]相扶将；阿姊闻妹来，当户理红妆；小弟闻姊来，磨刀霍霍向猪羊。开我东阁门，坐我西阁床。脱我战时袍，著[8]我旧时裳。当窗理云鬓，对镜帖[9]花黄。出门看火伴[10]，火伴皆惊忙：同行十二年，不知木兰是女郎。

雄兔脚扑朔，雌兔眼迷离；双兔傍地走[11]，安能辨我是雄雌？

注　释

①机杼(zhù)声:织布机发出的声音。

②市:买。

③万里赴戎机:不远万里,投身战事。

④度:越过。

⑤策勋十二转(zhuǎn):记很大的功。策勋,记功。

⑥赏赐百千强:赏赐很多的财物。

⑦郭:外城。

⑧著(zhuó):穿。

⑨帖:同“贴”。

⑩火伴:军中的同伴。当时规定若干士兵同一个灶吃饭,所以称“火伴”。

⑪傍地走:贴着地面并排跑。

赏　析

《木兰诗》是一首长篇叙事民歌,诗中描写的是一位代父从军、驰骋沙场、凯旋回朝、建功受封的少女木兰的形象。

文中的木兰坚毅勇敢,凭着对父母、对国家的无限热爱,投身到战斗中。她既是巾帼英雄又是平民少女。她天性善良机敏,坚韧不拔。我们从她身上看到了一位坚强、乐观、敢于牺牲的勇敢者的形象。

劝学诗

（唐）颜真卿

三更[1]灯火五更鸡[2]，
正是[3]男儿读书时。
黑发[4]不知勤学早，
白首[5]方[6]悔[7]读书迟。

注　释

①更：古时夜间计算时间的单位，一夜分五更，每更为两小时。午夜十一点到凌晨一点为三更。

②五更鸡：天快亮时，鸡啼叫。

③正是：正好是。

④黑发：年少时期，指少年。

⑤白首：头发白了，指老年。

⑥方：才。

⑦悔：后悔。

赏　析

诗人告诉我们：青春年少，大好时光，正是我们努力奋斗的好时节，我们要抓紧时间读书学习，修身养性。诗中劝勉年轻人不要虚度光阴，免得将来后悔。这首诗旨在让孩子初步理解人生短暂，从而更加珍惜时光。诗歌以短短的二十八个字揭示了深刻的道理，催人奋进。

白鹿洞[1] 二首(其一)

(唐)王贞白

读书不觉[2]已春深[3]，
一寸光阴一寸金[4]。
不是道人[5]来引笑[6]，
周情孔思[7]正追寻[8]。

注　释

①白鹿洞:在今江西庐山五老峰南麓的后屏山之南。

②不觉:不知不觉。

③春深:春末,晚春。

④一寸光阴一寸金:一寸光阴似金子一样珍贵,比喻时间十分宝贵,需要我们珍惜。

⑤道人:指白鹿洞的道人。

⑥引笑:逗笑,开玩笑。

⑦周情孔思:指周公的精义、孔子的教导。

⑧追寻:深入钻研。

赏　析

读书时沉浸其中,时间不知不觉就过去了。光阴似箭,稍纵即逝。道人修身养性是耐得住寂寞、静得下心的,而诗人需要道人来“引笑”,才肯放松一下,休息片刻,可见诗人读书之专心致志,非同寻常。

我们应当从中受到启发和教育:知识是靠时间积累起来的,为充实和丰富自己的知识储备,应珍惜时间。

上堂开示颂

（唐）黄檗禅师

尘劳[1]迥脱[2]非常事，
紧把绳头[3]做一场。
不经一番寒彻骨[4]，
怎得梅花扑鼻香。

注　释

①尘劳：尘念劳心。

②迥（jiǒng）脱：远离，指超脱。

③紧把绳头：意谓紧紧抓住牧牛的绳头，这里运用了典故。佛教常以牛比心，以牧人喻修行者，来表现佛门弟子"调伏心意"的禅修过程。紧把，紧紧握住。

④寒彻骨：彻骨的寒冷，指经历的辛劳和磨炼。

赏　析

诗人说做任何事情远离勤劳都是办不成的，必须下力气大干一场，要像牧牛人紧紧抓住绳头驯服顽牛一样，下一番功夫来修养心性。俗话说"宝剑锋从磨砺出，梅花香自苦寒来"，不经过一番辛苦努力就不会像梅花那样散发芬芳。

苦学吟(节选)

(唐)孟郊

夜学晓未休[①],
苦吟神鬼愁。
如何不自闲,
心与身为仇[②]。

注　释

①未休:没有休息。

②仇:怨恨。

赏　析

"心与身为仇",即自己和自己过不去。这首诗写读书人勤奋夜学,表达了读书人精神境界的提高与身体承受痛苦相矛盾的苦学情境和精神。但是读书学习就应该有孟郊这种"心与身为仇"的精神,"吃得苦中苦,方为人上人",如果心里迁就身体,不舍得下苦功,做任何事情都不能取得成功。

登科[1]后

（唐）孟郊

昔日龌龊[2]不足夸，
今朝放荡[3]思无涯[4]。
春风得意[5]马蹄疾[6]，
一日看尽长安花。

注释

①登科：唐朝实行科举考试制度，考中进士称及第，经吏部复试后授予官职称登科。

②龌龊（wò chuò）：原意是肮脏，这里指不如意的处境。

③放荡：自由自在，不受约束。

④思无涯：兴致高涨。

⑤得意：指考取功名，称心如意。

⑥疾：飞快。

赏析

孟郊四十六岁那年荣登进士及第，回想自己一路走来的艰辛都不算什么了。他自以为从此可以别开生面、龙腾虎跃一番了，故满心按捺不住得意欣喜之情。人逢喜事，诗兴大发，他的满腔喜悦便化成了这首别具一格的小诗。这首诗因给后人留下了“春风得意”与“走马观花”两个成语而更为人们熟知。

题弟侄书堂

（唐）杜荀鹤

何事居穷道不穷[①]，乱时还与静时[②]同。
家山[③]虽在干戈[④]地，弟侄常修[⑤]礼乐[⑥]风。
窗竹影摇书案[⑦]上，野泉声入砚池中。
少年辛苦终身事，莫向[⑧]光阴惰[⑨]寸功。

注释

①居穷道不穷：处于穷困之境仍要注重修养。
②乱时：战乱时期。静时：和平时期。
③家山：家乡的山，这里代指故乡。
④干戈：干和戈本是古代打仗时常用的两种武器，这里代指战争。
⑤常修：勤奋学习。
⑥礼乐（yuè）：这里指儒家思想。
⑦案：儿案。
⑧莫向：不要向。
⑨惰：懈怠。

赏析

诗人开篇就告诉我们：侄子即使身处纷乱世道，也能谨守礼道，勤奋修业。他那种勤勉好学、卓然高洁的品格跃然纸上。接着由人写到书堂之景：窗外绿竹摇曳，影入书案；远处泉水潺潺，流入砚池。视觉与听觉相结合，我们可以想见其侄子伏案苦读、砚池墨耕的情形。最后是诗人对侄子的劝勉之辞，劝侄子珍惜时光，莫荒废学业。

勉儿子

（唐）韦庄

养尔逢多难[1]，
常忧学已迟。
辟疆[2]为上相，
何必待[3]从师。

注释

①多难：指唐末战乱。

②辟疆：开辟疆土。

③待：等待。

赏析

这是教育儿子投笔从戎的诗。儿子生于战乱，耽误了读书的好时机，从头再学已经来不及。在父亲忧虑时，从军的机会来了，于是他勉励儿子从军，到战场上建功立业。其实，去军队磨练也是一种学习，在保家卫国的战场上同样能实现自己的人生价值。

作者认为读书是学习，从事社会实践也是学习；读书学习是实现自我价值的途径，在保家卫国的战斗中也可以实现自我价值。

与小女[1]

(唐)韦庄

见人初解[2]语呕哑[3],
不肯归眠恋小车。
一夜娇啼缘底事,
为嫌衣少缕金华[4]。

注释

①与小女:写给小女儿的诗。

②初解:指开始能听懂大人讲话的意思。

③呕哑:小孩子学说话的声音。

④缕金华:用金线绣的花儿。华,同“花”。

赏析

小孩子刚听懂大人讲话,也想学着去表达。她常常用哭闹来吸引人,其实也没什么事,或许是因为她想玩小车,或许是因为她的衣服上少绣了朵金线花。诗人抓住小女孩学话、贪玩、爱漂亮、喜欢哭闹的特点,通过对生活琐事的描写,小女孩天真可爱的形象跃然纸上,诗人的爱女之情也流于笔端。

致酒[1]行[2]（节选）

（唐）李贺

我有迷魂[3]招不得，
雄鸡一声天下白。
少年心事[4]当拏云[5]，
谁念幽寒坐呜呃[6]。

注　释

①致酒：劝酒。

②行：乐府诗的一种体裁。

③迷魂：这里指执迷不悟。

④少年心事：少年人的心胸。

⑤拏（ná）云：高举入云。拏，同“拿”。

⑥呜呃（è）：悲叹。

赏　析

“听君一席话，胜读十年书”，主人的开导使“我”这个“有迷魂招不得”者茅塞顿开。雄鸡一唱天下白，“我”听了您的一席话，心中豁然开朗。年少之人应当有凌云壮志，谁会怜惜你困顿独处、唉声叹气呢？

此四句诗为《致酒行》末四句，诗句直抒胸臆，主人的开导让诗人茅塞顿开，哀婉之情转为慷慨之意，展现了诗人虽受挫折，但不改凌云之志的决心。

送人赴安西①

(唐)岑参

上马带胡钩②,翩翩③度陇头。
小来思报国,不是爱封侯④。
万里乡为梦,三边⑤月作愁。
早须清黠虏⑥,无事莫经秋⑦。

注释

①安西:即安西都护府,治所在今新疆吐鲁番东南达克阿奴斯。

②胡钩:一种似剑而曲的兵器,一作“吴钩”。

③翩翩:形容轻捷地驰骋。

④封侯:显赫功名。

⑤三边:幽、并、凉三州为汉时边郡,这里泛指边陲地区。

⑥黠虏(xiá lǔ):狡猾的敌人。虏,古时西北少数民族的泛称。

⑦莫经秋:不要再经历一秋。

赏析

友人驰骋沙场,一路上英姿勃发,轻便的快马跨过了西域的关山。诗人赞扬了友人从小就有报国之志,不是一个只考虑个人官运的人;又进一步饶有兴趣地设想,友人戍守边疆一定会产生思乡之情;最后祈盼早日荡平虏寇,还边境以安宁。全诗既表达了诗人的爱国情怀,又传递出朋友间的深厚情谊。

池　上

（唐）白居易

小娃[①]撑小艇[②]，
偷采白莲回。
不解[③]藏踪迹[④]，
浮萍[⑤]一道开。

注　释

①小娃：小孩。

②撑小艇：撑着小船。

③不解：不知道。

④踪迹：指偷摘莲蓬所遗留的痕迹。

⑤浮萍：一年生草本植物，椭圆形叶子浮在水面，叶下面有须根，夏季开白花。

赏　析

池塘中一个个大莲蓬，新鲜清香，多么诱人啊！一个小孩儿偷偷地撑着小船摘了几个，又赶紧划了回来。他还不懂得隐藏自己偷摘莲蓬的踪迹，自以为谁都不知道；可是小船驶过，水面原来平铺着的密密的绿色浮萍，分出了一道明显的水线，这下子泄露了他的秘密。

诗中小孩儿从撑艇进入画面到划开浮萍，渐行渐近，既有动作描写，又有心理描写，细腻，有情趣，小孩的天真活泼形象跃然纸上。该诗语言明白如话，韵味无穷。

观 游 鱼

（唐）白居易

绕池闲步[①]看鱼游，
正值儿童弄钓舟[②]。
一种爱鱼心各异，
我来施食[③]尔垂钩。

注 释

①闲步：散步。
②弄钓舟：在船上垂钩钓鱼。
③施食：喂食，丢食。

赏 析

诗人非常开心地在池边散步赏鱼，正巧看到有小朋友在钓鱼。大家都喜欢鱼，只不过喜欢的方式不同。即景写情，对比强烈，极易发人深省，从中引出“心各异”的情状和道理来。全诗于平淡中见新奇，韵味悠长。

泛若耶溪[①]（节选）

（唐）丘为

日暮鸟雀稀，
稚子[②]呼牛归。
住处无邻里，
柴门独掩扉[③]。

注释

①若耶溪：在今浙江绍兴市南。

②稚子：小孩子。

③扉：门扇，引申为屋舍。

赏析

傍晚，夕阳西下，百鸟归林，小溪边鸟雀越来越稀少，儿童呼唤着晚归的牛儿准备回家了。因为住处比较偏僻，所以也没有什么邻居，简陋的木门衬托着孤独的屋子。一切都那么自然、安静。

本诗格调清新淡逸，采用白描手法，用自然安静的环境突显出儿童唤牛回家的童真童趣。

古朗月行(节选)

(唐)李白

小时不识月,呼作[1]白玉盘。
又疑瑶台[2]镜,飞在青云端。
仙人垂两足[3],桂树何团团[4]。
白兔捣药成[5],问言[6]与谁餐?

注释

①呼作:称为。
②瑶台:传说中神仙居住的地方。
③仙人垂两足:月亮初升的时候,先看见仙人的两只脚。
④团团:圆圆的样子。
⑤“白兔”二句:白兔老是忙着捣药,究竟是给谁吃呢?
⑥问言:想问一问。

赏析

小时候,不了解月亮,儿童常常把月亮叫作“白玉盘”“瑶台镜”,从称呼中就能听出月亮的形状、颜色和月光的皎洁,让人感到新颖有趣。儿童天真烂漫,在一“呼”一“疑”中表现了对月亮的好奇。传说月中有仙人、桂树和白兔。当月亮初升的时候,先看见仙人的两只脚,而后逐渐看见仙人和桂树的全形,还有月中白兔在捣药。诗人运用这一神话传说,写出了月亮升起时的逐渐明朗和宛若仙境般的景致。

诗中贴切巧妙的比喻,新颖奇妙的想象,行云流水般的文辞,都体现出李白诗歌清新俊逸的浪漫主义风格。

越女词(节选)

(唐)李白

耶溪[①]采莲女，
见客棹歌[②]回。
笑入荷花去，
佯[③]羞不出来。

注 释

①耶溪:即若耶溪。

②棹(zhào)歌:行船时所唱之歌。这里指摇着船、唱着歌。

③佯:假装。

赏 析

这首诗塑造了天真活泼的采莲少女的鲜明形象。采莲姑娘看见陌生客人过来,便唱着渔歌,调转船头,笑着躲到荷花丛中去,害羞不出来了。可以想象一下,姑娘的动作和笑声,就像一幅画展现在我们面前。诗句明白如话,人物神态逼真。

幼女词

（唐）施肩吾

幼女才六岁，
未知巧与拙。
向夜[①]在堂前，
学人拜新月[②]。

注释

①向夜：指日暮时分。向，接近，将近。

②拜新月：古代的一种习俗，祈求家庭团圆、幸福长寿。

赏析

诗人幼小的女儿才刚刚六岁，她活泼好动、聪明伶俐，看到大人做什么她也学着做什么。七夕之夜，小女孩干什么呢？她既未和别的孩子一样去寻找萤火虫，也不向大人要瓜果，而是郑重其事地在堂前学着大人“拜新月”呢。小女孩越是弄“巧”学人，便越发不能藏“拙”。这个“小大人”的形象既逗人有趣，又纯真可爱。

效古词

（唐）施肩吾

姊妹无多兄弟少，
举家[①]钟爱年最小[②]。
有时绕树山鹊飞，
贪看不待[③]画眉了。

注释

①举家：全家。

②年最小：年龄最小。

③不待：不等着。

赏析

这首诗写出了一个小女孩天真的情态。诗中写到家中兄弟姐妹不多，大家都宠爱这个最小的女孩。因为小，她什么都喜欢玩、喜欢学。她学大人画眉的样子着实可爱，可是一有动静又坚持不了。那偶尔绕树的山鹊已经把她的注意力吸引了，早已忘记了画眉的事。可见，她画眉并不是为了美丽，只是为了好奇，这不经意间的举动透露出小女孩的稚气和天真。

送 兄

(唐)佚名

别路云初起[①],
离亭[②]叶正稀。
所嗟[③]人异雁,
不作一行飞[④]。

注 释

①云初起:云雾蒙蒙的样子。
②离亭:送别的亭子。
③嗟:叹息。
④飞:一作“归”。

赏 析

相传,这是一个七岁的小女孩所写的一首诗。诗以“送兄”为题,诗中描述了与兄长分别时恋恋不舍的情感。前两句写送别时的环境:天边秋云初起,天色蒙蒙;分别的路亭周围,树叶纷纷飘落,气氛萧索。后两句以大雁作比,大雁能一起飞向远方,而此刻兄妹俩却不能同去远方,就要在这里分别,叫人怎能不感到难受呢?诗人将离别之情与秋日之景相结合,表达了兄妹离别的不舍之情。

营州歌

（唐）高适

营州[1]少年厌原野[2]，
狐裘[3]蒙茸[4]猎城下[5]。
虏酒[6]千钟[7]不醉人，
胡儿[8]十岁能骑马。

注 释

①营州：唐代东北边塞，治所在今辽宁朝阳。

②厌原野：习惯于原野生活。厌，同“餍”，饱、满足。这里是饱经、习惯于的意思。

③狐裘：用狐狸皮毛做的大衣。

④蒙茸：纷乱的样子，借指狐裘皮毛蓬松。

⑤城下：郊野。

⑥虏酒：这里指营州当地出产的酒 。

⑦千钟：千杯，形容非常多。钟，酒器。

⑧胡儿：指少数民族的少年。

赏 析

诗歌描写了东北少数民族青少年的生活。他们十多岁就能骑马纵横于边塞野外，习惯于游牧打猎；他们性格豪放，热衷于开怀畅饮。全诗既有形象的描写，又有爱豪饮、善骑射的典型叙述，生动地刻画了营州少年的形象，表现了他们的生活风貌和豪放的性格。

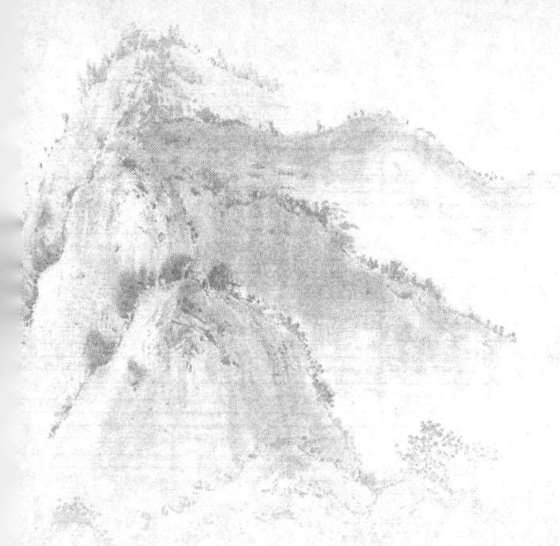

赋新月[①]

（唐）缪氏子

初月如弓未上弦[②]，
分明挂在碧霄[③]边。
时人莫道蛾眉[④]小，
三五团圆[⑤]照满天。

注　释

①赋新月：描写、歌咏新月。

②未上弦：农历每月初八左右，月亮恰似半圆的弓弦，称上弦月。未上弦指新月还没有到半圆。

③碧霄：蓝天。

④蛾眉：原形容美人的眉毛细长而弯曲，这里指新月弯如蛾眉。

⑤三五团圆：指阴历十五晚上，月亮最圆的时候。

赏　析

这首诗既是在写新月，也是在期待满月，作者借咏月来表达自己远大的志向。新月虽然像弯弯的眉毛，斜挂在天边，但是不能小看它，等到农历十五的夜晚，它会团圆完满，光照天下！意思是别看我现在年纪小，长大了可要做出一番大事业呢。

溪居[1]即事[2]

（唐）崔道融

篱外谁家不系[3]船，
春风吹入钓鱼湾。
小童疑是有村客，
急向柴门去却关[4]。

注　释

①溪居：溪边村舍。

②即事：对眼前的事物、情景有所感触而创作。

③系：拴，捆绑。

④却关：打开门闩。

赏　析

春天乡村的溪水边，孩子们在自由自在地玩耍，一艘小船无意中飘进了钓鱼湾，是有客人来了，还是有熟悉的亲戚朋友来了？小孩子想去迎接他，急急忙忙地跑去开柴门迎接客人。作者用“疑”“急”二字，把儿童那种好奇、兴奋、急切的心理状态描绘得惟妙惟肖，十分传神。诗人捕捉住这一刹那极富情趣的小镜头，成功地刻画了一个热情淳朴、天真可爱的乡村儿童的形象。

牧竖

（唐）崔道融

牧竖[①]持[②]蓑笠，
逢人气傲然[③]。
卧牛吹短笛，
耕却傍溪田[④]。

注释

①牧竖：牧童。

②持：穿戴。

③傲然：神气的样子。

④傍溪田：溪水旁边的田地。

赏析

诗中描写了牧童穿着蓑衣、戴着斗笠，遇人就装成一副神气的样子。放牛时，牧童卧在牛背上吹短笛；牛耕田时，他就在溪边田头玩耍。诗中写出了牧童天真烂漫、悠然自得、调皮可爱的形象。

牧 童

（唐）吕岩

草铺横野[1]六七里，
笛弄[2]晚风三四声。
归来饱饭黄昏后，
不脱蓑衣[3]卧月明[4]。

注 释

①横野：辽阔的原野。

②弄：逗弄。

③蓑衣：棕毛或草编的外衣，用来遮风挡雨。

④卧月明：躺在月光下的草地上。

赏 析

这首诗描绘了一幅牧童晚归休憩的画面。诗中写出了牧童在辽阔的原野上放牧归来，晚风吹拂，笛声悠扬，他独自享受着月光下的那份自由自在，以至于连蓑衣也不脱，就躺在月光下的草地里休息了。全诗表现了孩子无忧无虑、天真烂漫的天性。

小儿垂钓

（唐）胡令能

蓬头[①]稚子学垂纶[②]，
侧坐莓[③]苔[④]草映[⑤]身。
路人借问遥招手[⑥]，
怕得鱼惊不应[⑦]人。

注 释

①蓬头:头发乱蓬蓬的。
②垂纶:钓鱼。纶,钓鱼用的丝线。
③莓:一种野草。
④苔:苔藓植物。
⑤映:遮映。
⑥遥招手:远远地招手示意。
⑦应:回应,答应。

赏 析

这是一首以儿童生活为题材的诗作,写出了小儿垂钓别有的情趣。一个小孩子静静地坐在草丛中,学着大人去钓鱼。他钓鱼的状态很投入,即使有人跟他说话,向他问路,他头也不回,远远地招手而不回答,怕声音大了把鱼吓跑了。画面活泼、有趣、生动。

春晚[①]书[②]山家屋壁(其一)

(唐)贯休

柴门寂寂黍饭[③]馨[④],
山家烟火春雨晴。
庭花蒙蒙[⑤]水泠泠[⑥],
小儿啼索[⑦]树上莺。

注释

①春晚:晚春,也是农忙春耕的季节。
②书:写。
③黍饭:黄米饭,煮熟后有黏性。
④馨:香。
⑤蒙蒙:雨点细小。
⑥泠(líng)泠:流水的声音。
⑦索:要。

赏析

本诗先写冉冉上升的炊烟和扑鼻而来的黄米饭的香味。“柴门寂寂”是因为农夫抢着去春耕,虽不言喜雨,喜雨之情自现。接着写对雨后初晴之景的喜爱之情。“寂寂”“蒙蒙”“泠泠”等叠字的运用,使意境丰满清新。末句写小儿要捉鸟,谈何容易,哭也无用,语言生动传神,真乃神来之笔。

咏架上鹰

（唐）崔铉

天边心胆[1]架头身[2]，
欲拟飞腾[3]未有因[4]。
万里碧霄[5]终一去，
不知谁是解绦人[6]。

注　释

①天边心胆：心志在天边。

②架头身：身子却困在架子上。

③欲拟飞腾：想要腾飞。欲拟，想要。

④未有因：没有机会和条件。因，条件。

⑤万里碧霄：万里碧空。

⑥解绦（tāo）人：解开绳子的人。

赏　析

诗人用比喻的手法，借雄鹰说出心中的想法：我好比一只雄鹰，胸怀远大理想，有朝一日会振翅高飞，实现自己的抱负，只是眼前我还要等待一位伯乐。这是诗人幼年随父亲去别人家拜访时所作的一首诗，后来诗人位及宰相，实现了自己的宏图大志。这首诗启发我们从小要树立远大的理想；读万卷书，行万里路，为实现自己的抱负而努力奋斗。

巴女谣[1]

（唐）于鹄

巴女骑牛唱竹枝[2]，
藕丝[3]菱叶傍[4]江时。
不愁日暮还家错[5]，
记得芭蕉出槿篱[6]。

注　释

①巴女谣：巴江边小女孩唱的歌谣。巴，地名，今四川省巴江一带。
②竹枝：竹枝词，指巴渝（今重庆）一带的民歌。
③藕丝：这里指荷叶、荷花。
④傍：靠近，邻近。
⑤还家错：回家认错路。
⑥槿篱：用木槿做的篱笆。

赏　析

夏日的傍晚，一个小女孩骑在牛背上，沿着江岸，唱着民歌，慢悠悠地回家去。巴江上铺展着菱叶，盛开着荷花，景色美如图画。天就要黑下来了，她也不以为意，还说不怕找不到家，因为她记得家门前那伸出篱笆外面的芭蕉叶子。全诗就像一幅当地农村的风俗画——牧女晚归图，生活气息浓郁，展现了放牧姑娘的天真烂漫，惹人喜爱。

叠前①

（唐）柳宗元

小学②新翻墨沼波，
羡君琼树散枝柯③。
左家弄玉唯娇女，
空觉庭前鸟迹多④。

注释

①叠前：此作为柳宗元酬和刘禹锡之《答前篇》诗，故谓叠前。

②小学：小儿学习。

③琼树、枝柯：喻刘家子弟才华横溢。

④鸟迹多：沙土上留下的字迹。鸟迹，篆体古文字形如鸟的爪迹，故称。

赏析

诗人柳宗元和好友刘禹锡对子女的教育都很重视，他们互相写诗酬答。诗中先赞叹刘禹锡的儿子学习书法，夸赞其子女才华横溢，同时赞颂自家的小女也爱好书法，常在庭前的沙土上留下字迹。从诗人对双方子女读书习字的夸赞中，可见其对子女的关爱之情。

田园乐(其四)

(唐)王维

萋萋芳草春绿[1],
落落长松[2]夏寒。
牛羊自归村巷,
童稚不识衣冠[3]。

注　释

①绿:碧绿。

②落落长松:高大挺直的松树。

③衣冠:做官的人戴的帽子,这里指当官的人。

赏　析

诗中描绘的是一幅田园生活的快乐画面。“萋萋芳草”“落落长松”,这是多么让人陶醉的画面,在这样的画面里人会怎样生活呢?牛羊被驯服得非常听话,自己会回归村巷;孩子们无拘无束,他们才不管你是不是为官之人,也不会对你另眼相待。这些表现出此处的静僻和人民的纯朴,足见人们生活在这里是自由自在的。

观　猎

（唐）王昌龄

角鹰初下秋草[1]稀，
铁骢[2]抛鞚[3]去如飞。
少年猎得平原兔，
马后横捎意气归[4]。

注　释

①秋草：秋风中的小草。

②铁骢（cōng）：骏马。

③鞚（kòng）：带嚼子的马笼头。

④意气归：得意洋洋地返回家中。

赏　析

诗歌前两句向我们展示了一幅宏大的画面，空中苍鹰南飞，塞外秋草枯萎，人们驾着骏马在草原上驰骋飞奔。后两句写到，那意气风发的少年猎得野兔，满怀胜利的喜悦，便得意洋洋地回家了。“去如飞”“意气归”写得绝妙！“去如飞”写出了少年的英悍豪气，“意气归”使少年的惬意神情跃然纸上。

寻隐者[1]不遇[2]

（唐）贾岛

松下问童子[3]，
言[4]师采药去。
只在此山中，
云深不知处[5]。

注　释

①隐者：隐士，隐居在山林中的人。

②不遇：没有遇到，没有见到。

③童子：小孩。这里是指“隐者”的弟子、学生。

④言：说，告诉。

⑤处：行踪，所在。

赏　析

诗题告诉我们，诗人去寻访隐者，但没能见到。这首诗的特色是在平淡中见深沉。全诗采用了问答的方式，一问一答，藏问于答，读起来连贯生动，妙趣横生。

同州端午

(唐)殷尧藩

鹤发[①]垂肩尺[②]许长,
离家三十五端阳[③]。
儿童见说深惊讶,
却问何方是故乡。

注　释

①鹤发:指白发。

②尺:量词,长度单位。

③三十五端阳:三十五个端阳,指三十五年了。

赏　析

诗人久离家乡,在端午节这一天表达了自己对故乡的思念之情。诗一开头描述了一位白发老者的形象,想想自己离乡背井已三十五个春秋,心情有些复杂。小孩子听“我”叙说乡愁,不谙世事,竟问“何方是故乡”。“鹤发”与“儿童”对应,“三十五端阳”与“惊讶”对应,很好地突出了思乡之情。

回乡偶书[①](其一)

(唐)贺知章

少小离家[②]老大[③]回,
乡音[④]无改鬓毛衰[⑤]。
儿童相见不相识,
笑问客从何处来。

注释

①偶书:随便写的诗。偶:说明诗是随时有所见、有所感就写下来的。

②少小离家:贺知章三十七岁中进士,在此以前就离开家乡。

③老大:年纪大了。贺知章回乡时已年逾八十。

④乡音:家乡的口音。

⑤鬓毛衰(cuī):两鬓毛发疏落。

赏析

诗人自年轻时离开故乡,几十年后又回到故乡,心中感慨无限,顿感人生沧桑、变化无常。第一、二句,诗人置身于熟悉而又陌生的故乡环境中,心情难以平静。首句写数十年久客他乡的事实,次句写自己的“老大”之态,暗寓乡情无限。第三、四句虽写自己,却从儿童的感觉着笔,极富生活情趣。这首诗感情自然、平淡,写出了人生真实的状态。少小离家,垂老归来,改变的是容颜,不改的是乡音,不改的是乡情。全诗在有问无答中收束,动人心弦,千百年来广为传诵。

清　明

（唐）杜牧

清明[1]时节雨纷纷[2]，
路上行人欲断魂[3]。
借问[4]酒家何处有，
牧童遥指杏花村[5]。

注　释

①清明：二十四节气之一，在阳历四月五日前后。

②纷纷：形容多。

③欲断魂：形容很伤感，好像灵魂要与身体分开一样。断魂，神情凄迷，烦闷不乐。

④借问：请问。

⑤杏花村：杏花深处的村庄。今在安徽池州秀山门外。

赏　析

清明节的时候，阴雨连绵，下个不停，如此天气，路上行人情绪低落，神魂散乱。眼前雨蒙蒙的，春衫湿漉漉的。找个酒家避避雨，暖暖身，消消心头的愁苦吧，可酒家在哪儿呢？

诗人想着，便向路旁的牧童打听。骑在牛背上的小牧童用手向远处一指——哦，在那满天杏花的村庄，一面酒店的幌子高高挑起，正在招揽行人呢！诗人本来低迷的心境或许会随着酒家的出现而发生变化，接下来会有什么事发生？就靠读者去想象了。

“状难写之景，如在目前；含不尽之意，见于言外。”这首小诗用通俗的语言，和谐的音律，清新的意象，营造广阔的境界。尤其是最后一句“牧童遥指杏花村”极妙，牧童是上句的宾语，他以动作答复比说话更直接；“遥”字写实也写虚，给读者一个广阔的想象空间。

读书(节选)

(宋)欧阳修

乃知读书勤,
其乐固[1]无限。
少而干禄利[2],
老用忘忧患。

注释

①固:必定。

②干:追求。禄利:官职、利益。

赏析

勤奋读书,其乐无穷。少年读书能带来功名,老年读书能忘掉忧患。

本诗言简意丰,作者认为"读书勤"其乐无穷好处多,勤奋是成才的唯一途径。爱迪生曾说,天才是百分之一的灵感,加百分之九十九的汗水。所以想要成功,勤奋是基础。

偶成

（宋）朱熹

少年易老学难成，
一寸光阴不可轻。
未觉池塘春草梦[①]，
阶前梧叶已秋声[②]。

注释

①池塘春草梦：这是一个典故，源于《南史·谢方明传》。“池塘生春草，园柳变鸣禽”是谢灵运《登池上楼》中的诗句，活用典故，意谓美好的青春年华将很快消逝，如同一场春梦。

②秋声：秋时西风吹起，草木凋零，多肃杀之声。

赏析

做学问需要一辈子的坚持，不能虚度一寸光阴，当我们年老时再回首往事，觉得一生恍如一梦般匆匆而过。该诗的主旨是劝青年人珍视光阴，努力向学；表面上是用以劝人，其实亦用于自警。该诗语言明白易懂，形象鲜明生动，把时光短暂、岁月易逝，用“未觉池塘春草梦，阶前梧叶已秋声”来比喻，十分贴切，倍增劝勉的力量。

励学篇

（宋）赵恒

富家不用买良田，书中自有千钟粟。
安居不用架高堂，书中自有黄金屋。
出门莫恨无人随，书中车马多如簇[①]。
娶妻莫恨无良媒，书中自有颜如玉。
男儿欲遂[②]平生志，五经[③]勤向窗前读。

注　释

①簇：聚拢。

②遂：实现、达到。

③五经：汉武帝时立五经博士。五经是指《诗经》《尚书》《礼记》《周易》《春秋》。

赏　析

宋真宗赵恒酷爱读书，他告诫天下读书人，读书可以使人得到自己想得到的一切东西。男儿要遂平生的志愿，必须勤奋学习“五经”。

本诗中“书中自有黄金屋”“书中自有颜如玉”是过去很多读书人所追求的目标。“黄金屋”是指富贵的生活，“颜如玉”是指美貌的女子，此处采用借代的说法，指出人头地，所以人们常用这句话勉励别人。

冬夜读书示子聿①

（宋）陆游

古人学问②无遗力③，
少壮④工夫⑤老始成⑥。
纸⑦上得来终觉浅⑧，
绝知⑨此事要躬行⑩。

注　释

①示：训示、指示。子聿（yù）：陆游的小儿子。

②学问：这里是学习的意思。

③无遗力：用出全部力量，没有一点保留，竭尽全力。遗，保留，存留。

④少壮：青少年时代。

⑤工夫：做事所耗费的时间。

⑥始成：才成功。

⑦纸：书本。

⑧终觉浅：毕竟觉得肤浅。

⑨绝知：深入、透彻的理解。

⑩躬行：亲身实践。

赏　析

诗人想说，从古至今，凡是读书有成就的人，都是需要下一番苦功的；读书光从书本上学习还不行，要多去实践，要在实践中收获知识，获得经验。本诗通过陆游对儿子子聿的教育，告诉读者，学习要有孜孜不倦、持之以恒的精神。一个既有书本知识，又有实践精神的人，才是真正学有所成的人。

小舟游近村舍舟步归(节选)

(宋)陆游

不识[1]如何唤作愁，
东阡南陌且闲游[2]。
儿童共道[3]先生醉，
折得黄花插满头。

注 释

①不识:不知道。

②闲游:到处游逛。

③共道:一起说。

赏 析

诗人生活快乐舒适,不知道什么叫忧愁,东西南北到处闲游。他与儿童一起折花赏玩,一时竟忘了自己的年龄。与儿童在一起游戏既欢乐又忘老,儿童也不把他当作老人,以为他醉了,一起围住他,往他头上插花。这是一首简单的叙事诗,但是字里行间透着闲适,表现了诗人对乡村生活的喜爱。

赠外孙

（宋）王安石

南山新长凤凰雏[1]，
眉目分明画不如。
年小[2]从[3]他爱梨栗，
长成须读五车书[4]。

注　释

①凤凰雏：指幼小的凤凰。这里用来比喻诗人的外孙。雏，指幼小的（多指鸟类）。

②年小：年纪小。

③从：同“纵”，放纵，放任。

④五车书：形容书多，学问深。

赏　析

诗人有个小外孙，生得眉清目秀，比挂在墙上的画都漂亮。现在年龄还小，任他爱吃爱玩；长大后一定要让他多读书，学富五车。诗人想告诉我们，小孩子的成长不仅应该满足其物质需求，还要丰富他的精神世界，强调了博览群书对孩子成长的重要性。

示秬秸[①]

(宋)张耒

城头月落霜如雪,楼头五更声欲绝[②]。
捧盘出户歌一声[③],市楼东西人未行。
北风吹衣射我饼,不忧衣单忧饼冷[④]。
业无高卑[⑤]志当坚,男儿有求[⑥]安得闲[⑦]?

注　释

①秬秸(jù jiē):张耒的儿子张秬和张秸。

②声欲绝:没有一点声音。

③歌一声:叫卖声。

④忧饼冷:担心饼被吹冷。

⑤高卑:高低贵贱。

⑥有求:有理想、有追求。

⑦安得闲:怎么能清闲自在呢?

赏　析

这首诗生动形象地描述了卖饼人的行为、心理。诗的后两句点明题旨,说明不论从事什么行业,贵在有志。有志者人勤奋,有志者事竟成。此诗是诗人写给他两个儿子的,青少年阅读这首诗,也能激发其树雄心、立壮志的热情。

神童诗(节选)

(宋)汪洙

天子重英豪[①],文章教尔曹[②];
万般皆下品,唯有读书高。
少小须勤学,文章可立身[③];
满朝朱紫贵[④],尽是读书人。
学向勤中得,萤窗万卷书[⑤];
三冬今足用[⑥],谁笑腹空虚;
自小多才学,平生志气高;
别人怀宝剑,我有笔如刀。
朝为田舍郎[⑦],暮登天子堂;
将相本无种[⑧],男儿当自强。
学乃身之宝,儒为席上珍[⑨];
君看为宰相,必用读书人。
莫道儒冠误[⑩],诗书不负人;
达而相天下[⑪],穷[⑫]则善其身[⑬]。
遗子满籯金,何如教一经;
姓名书锦轴[⑭],朱紫佐朝廷。
古有千文义[⑮],须知后学通;
圣贤俱间出[⑯],以此发蒙童[⑰]。

注 释

①英豪:英雄豪杰。

②尔曹:你们,指学童。

③立身:自立成人。

④朱紫:高级官员的服色或服饰,借指达官显贵。

⑤萤窗:晋人车胤,家贫,无钱买灯油,就捕捉许多萤火虫放在白布做成的袋子中,供夜读时照明。后世便常以萤窗、萤案比喻刻苦读书。

⑥三冬:指三年。

⑦田舍郎:农夫、村夫。

⑧将相本无种:王侯将相本来就不是天生的。

⑨席上珍:宴席上的珍品。比喻儒生具有美善的才德。

⑩儒冠:古代读书人所戴的一种帽子。借指以读书为业。

⑪相天下:当宰相治理天下。

⑫穷:事业不发达。

⑬善其身:完善自己的修养。

⑭锦轴:用锦缎装饰的卷轴,指华丽的文书。

⑮千文:即南朝梁人周兴嗣所作的《千字文》,是现存的较早的启蒙读物。

⑯间出:相间出现在(《千字文》)中。

⑰发蒙童:启发智慧还没有得到开发的幼童。

赏 析

《神童诗》是蒙学经典之一。这类教育儿童的古诗,千百年来被代代相传。其浅白的内容,上口的韵脚,质朴的语言,显著的道理,是它盛传不衰的原因之一。

诗中所描述的读书目标相对狭隘了一些,但也激励着古代少儿勤奋学习、报效国家。作为今天的少年儿童,我们读书是为了实现自己远大的理想,是为了更好地掌握知识,建设祖国,为实现中华民族伟大复兴的中国梦贡献我们的知识和才华。期待更多的学子去触摸这些被历史尘封的经典，尽管它们有历史的局限性，但给我们的启发还是很多的。

宿新市徐公店(其二)

(宋)杨万里

篱落[1]疏疏[2]一径[3]深，
树头花落未成阴[4]。
儿童急走[5]追黄蝶，
飞入菜花无处寻。

注　释

①篱落:篱笆。
②疏疏:稀疏。
③径:小路。
④未成阴:还没有形成浓密的树荫。
⑤急走:奔跑。

赏　析

这首诗描写了诗人在旅店住宿时看到的一幕:春日将尽,枝头花落,儿童奔跑追赶蝴蝶,蝴蝶飞入菜花无处找寻。这是一幅多么生动、美好的画面啊！在这样一个美好的季节,儿童的快乐是肆意畅快的。“急走”“追”将儿童的天真活泼、好奇好胜的神态刻画得惟妙惟肖。而“无处寻”又让读者回味无穷,仿佛眼前浮现出一个面对一片菜花不知所措的儿童的画面。

闲居[1]初夏午睡起二绝句

（宋）杨万里

其一

梅子[2]留酸软齿牙[3]，芭蕉分绿[4]与窗纱。
日长睡起无情思[5]，闲看儿童捉柳花[6]。

其二

松阴一架半弓[7]苔，偶欲看书又懒开。
戏掬[8]清泉洒蕉叶，儿童误认雨声来。

注释

①闲居:悠闲的居住。

②梅子:一种味道极酸的果实。

③软齿牙:一作溅齿牙，指梅子的酸味渗透牙齿。

④芭蕉分绿:芭蕉的绿色映照在纱窗上。

⑤无情思:没有情绪，指无所适从，不知做什么好。

⑥捉柳花:捕捉空中飞舞的柳絮。柳花，即柳絮。

⑦半弓:半弓之地，形容面积极小。

⑧掬(jū):两手相合捧物。

赏析

第一首写诗人闲居在乡村。江南的初夏，梅子熟了，诗人尝了梅子，酸了牙齿；芭蕉叶已经肥大，满院的浓绿，映照得窗纱也一片绿色。第三、四句重点是写闲。午睡本已是闲的表现，但睡醒了仍然无所事事，那就更闲了。

用什么来打发时间呢？正好有一群儿童在捕捉柳絮，诗人就饶有兴趣地看了起来。末句写儿童捉柳絮，很为人所称道，其中一个“捉”字，把儿童嬉闹稚气的动作再现了出来。

第二首诗写作者闲适、慵倦的情绪。松阴之下长了一些苔藓，他想看书，可是刚刚翻开又兴致索然，无聊之中捧起泉水去浇芭蕉，那淅沥的水声惊动了正在玩耍的儿童，他们还以为忽然下雨了。

两首诗写出了作者闲居时的舒适、自由、无拘无束的生活状态。

稚子弄冰

（宋）杨万里

稚子金盆脱晓冰①，
彩丝穿取②当银钲③。
敲成玉磬④穿林响，
忽作玻璃⑤碎地声。

注　释

①脱晓冰：指儿童晨起，从结成坚冰的铜盆里剜冰。

②穿取：指用线穿起来。

③钲（zhēng）：指古代的一种像锣的乐器。

④磬（qìng）：古代打击乐器，形状像曲尺，用玉、石制成，可悬挂。

⑤玻璃：指古时一种天然玉石，也叫水玉，并不是现在的玻璃。

赏　析

天寒地冻，铜盆里结了冰块，可是儿童不怕冷，把它拿下来用彩色丝线穿上当锣来敲打。诗人仿佛看到了小孩子欢天喜地的敲锣场面。可是意想不到的是，忽然冰锣敲碎落地，那声音像美玉落地摔碎一样。这首诗写冬天孩子们的一场嬉戏，诗写得清新明快，小孩子的嬉乐与失望宛然在目。

桑茶坑[1]道中[2]

(宋)杨万里

晴明风日雨干时，
草满花堤[3]水满溪。
童子柳阴[4]眠正着[5]，
一牛吃过柳阴西。

注　释

①桑茶坑:地名,在安徽泾县。

②道中:路上。

③草满花堤:即花草满堤。

④柳阴:柳树下的阴影。

⑤眠正着:正在睡觉。

赏　析

这首诗写的是诗人在桑茶坑道中见到牧童放牛的情景。这是一个风和日丽的夏日雨后,路上的积水都被风吹干了,小溪里因为下雨而涨满水,堤岸上花草繁茂,这里正是牧童放牛的地方。可是牧童呢?他正在柳阴底下呼呼大睡。因为水草丰盛,牛儿可以自由自在地吃草,牧童也可以自由自在地休息,多么富有生气的画面啊!

舟过安仁[1]

（宋）杨万里

一叶渔船两小童，
收篙[2]停棹[3]坐船中。
怪生[4]无雨都张伞[5]，
不是遮头是使风[6]。

注　释

①安仁：县名，隶属江西省，后因与湖南安仁县同名而改名余江。

②篙：撑船用的竹竿。

③棹（zhào）：船桨。

④怪生：怪不得。

⑤张伞：将伞张开。

⑥使风：诗中指两个小孩用伞当帆，让风来帮忙，促使渔船前行。

赏　析

这首诗展示了诗人杨万里路过安仁时所见到的情景，描写了一幅令诗人好奇的画面：天没下雨，两个坐在船上的小孩子却撑着伞。为什么会这样呢？诗人细心观察后发现，原来他们张伞不为遮雨，只是想利用风让船更快前进。诗人对儿童的喜爱之情溢于言表，对两个小孩子的聪明伶俐赞赏有加，同时也可以看出诗人童心未泯。

四时田园杂兴(其一)

(宋)范成大

昼出耘田①夜绩麻②,
村庄儿女各当家③。
童孙未解④供⑤耕织,
也傍⑥桑阴学种瓜。

注释

①耘田:除草。

②夜绩麻:夜里把麻搓成线。

③各当家:各人都担任一定的工作。

④未解:不懂。

⑤供:从事,参加。

⑥傍:靠着。

赏析

诗的首句写的是大人们白天下田除草,晚上搓麻线。次句写年轻人都不得闲,各司其事,各管一行。最后两句写那些孩子们不会耕地也不会纺织,但他们从小耳濡目染,喜爱劳动,于是就在茂盛的桑树底下学种瓜。诗人描述了一幅忙碌的农村劳动场面,大人、小孩各有分工,各有劳动内容,末句展示了农村儿童的那份天真可爱的情趣。

村　晚

（宋）雷震

草满池塘水满陂[①]，
山衔落日浸寒漪[②]。
牧童归去横牛背[③]，
短笛无腔[④]信口[⑤]吹。

注　释

①陂(bēi):水岸。

②衔:口里含着,此指落日西沉,半挂在山腰,像被山咬住了。浸:淹没。漪(yī):水波。

③横牛背:横坐在牛背上。

④无腔:没有曲调。

⑤信口:随口。

赏　析

池塘边长满了青草,池塘里灌满了水;远处日落西山,一丝水波荡漾让人感到了凉意;牧童坐在牛背上信口吹着短笛,自由自在。整幅画面是那样悠然自得,人与自然显得那样和谐,构成了一幅饶有生活情趣的乡村晚景图。

秋日行村路

（宋）乐雷发

儿童篱落带斜阳，
豆荚[①]姜芽社肉[②]香。
一路稻花谁是主，
红蜻蛉[③]伴绿螳螂。

注　释

①豆荚：豆类的荚果。

②社肉：社日祭神之牲肉。

③蜻蛉（líng）：一说极似蜻蜓。前翅较短，不能远飞。

赏　析

诗的前两句写村里的热闹景象，首句写落日余晖下儿童在篱笆旁玩耍嬉戏，勾勒出一幅农村风情小景图。第二句写菜园内豆荚高悬，姜芽出土；凉风吹过，还嗅到社肉的香味。后两句写村外，小路两旁稻花竞放。“谁是主”的设问句式，准确地表现出稻花无拘无束开放的情形。第四句是答句，日暮收工，原野上渐无人迹，于是红蜻蛉和绿螳螂成了大片稻田的主人，在上面时飞时停，自由自在。“红”“绿”两色对照鲜明悦目，“伴”字将两种昆虫写得相依相伴，富有人情味。

寒窗课子[1]图

（宋）寇准母亲

孤灯课读苦含辛，
望[2]尔[3]修身为万民。
勤俭家风慈母训[4]，
他年富贵莫忘贫。

注　释

①课子：管教儿子读书。

②望：希望。

③尔：你。

④训：教训。

赏　析

这是一首题于画上的诗，诗中描绘的是寇准寒窗苦读，母亲含辛茹苦陪伴的画面。这幅画据说是寇准的母亲送给儿子的，并在画边题了这首诗。母亲希望儿子不要忘记自己曾经的志愿和初心：读书为苍生、为天下，即使将来自己飞黄腾达，也一定要保持勤俭朴素的家风，铭记儿时的理想与目标，只有这样才能成就一番事业。寇准牢记母亲教诲，勤俭持家，勤于政事，终成一代贤相。

咏华山

(宋)寇准

只有天在上，
更无①山与齐②。
举头红日③近，
回首④白云低。

注　释

①更无：再没有。

②齐：平齐，即一般高、一样高。

③红日：太阳。

④回首：回头，这里指低头看。

赏　析

这首诗写华山，据传是寇准七岁所作。诗中写出了华山极高，与天比、与日比、与云比，突出了再也没有　座山峰能与之平起平坐。这是一首即景即情之作，每一句都突出了华山的高峻陡峭、气势不凡，可谓难能可贵的佳作。

牧童诗

（宋）黄庭坚

骑牛远远过前村，
短笛横吹隔陇[1]闻。
多少长安名利客[2]，
机关用尽[3]不如君。

注释

①隔陇:隔着田垄。

②名利客:求取名利的人。

③机关用尽:用尽心机。

赏析

诗人羡慕牧童清闲恬适的生活:一路上骑着牛过村穿户,短笛声悠扬婉转,真是欣然自得。全诗生动地写出了牧童的自由洒脱,多少人为了求取名利,费尽心机,到头来不如牧童自在快乐啊。诗人想告诉我们的是,人应活得悠闲自在,不应受名利所驱,成为名利的奴隶。

花　影

（宋）苏轼

重重叠叠[①]上瑶台[②]，
几度[③]呼童扫不开。
刚被太阳收拾去[④]，
却教[⑤]明月送将来[⑥]。

注　释

①重重叠叠：形容地上的花影一层又一层，可以看出花很多。

②瑶台：这里指华丽的楼台。

③几度：几次。

④收拾去：指日落时花影消失，好像被太阳收拾走了。

⑤教：让。

⑥送将来：指花影重新在月光下出现，好像是月亮送来的。

赏　析

这是一首借花影抒发自己内心的诗。想要有所作为，却又无可奈何，花影在地上铺了一层又一层，它怎么能扫得掉呢？傍晚夕阳西下，花影好像也随之消失了。可是月亮又升了起来，花影又在月光下出现。诗人想说的是，那重重叠叠的花影就像朝廷中位高权重的小人，正直的朝臣无论怎么努力也不能把他们消除掉，去了一批又来一批。

诗人把自己的情感蕴含在对花影的描述中，情深意长，含蓄隽永。如果将此诗当作叙事、状物诗来品析，也颇有意味。

夜书所见[1]

(宋)叶绍翁

萧萧[2]梧叶送寒声，
江上秋风动客情[3]。
知有儿童挑[4]促织[5]，
夜深篱落一灯明。

注　释

①夜书所见：写晚上所看到的。

②萧萧：指风声。

③动客情：打动旅客思乡之情。

④挑：捉。

⑤促织：俗称蟋蟀，有些地方又名蛐蛐。

赏　析

诗人独自在外，天气渐渐凉了，一阵阵风吹动梧桐叶，也送来了阵阵寒意，吹动了诗人的思乡之情。他夜深难眠，透过窗户，看到了篱笆外的一盏灯火，这时他明白应该是有小孩子在捉蟋蟀，这是多么熟悉、多么亲切的画面。这幅图景令他倍感亲切，也许他由此想起了自己的家乡和童年吧。

首句写风声，次句写感慨，即所谓触景生情。后两句写儿童捉蟋蟀，诗人自然想到自己的童年，想到故乡。儿童捉蟋蟀兴致盎然，反衬游子寂寞、凄凉之感，但也给作者送来些许暖意。

清平乐·村居

（宋）辛弃疾

茅檐[①]低小，溪上青青草。醉里吴音[②]相媚好[③]，白发谁家翁媪[④]。

大儿锄豆[⑤]溪东，中儿正织[⑥]鸡笼。最喜小儿无赖[⑦]，溪头卧剥莲蓬。

注　释

①茅檐：茅屋的屋檐。

②吴音：吴地的方言。

③相媚好：指相互说着柔媚好听的方言。

④翁媪（ǎo）：老翁与老妇的并称。

⑤锄豆：锄掉豆田里的草。

⑥织：编织。

⑦无赖：这里指小孩可爱、淘气。

赏　析

词人辛弃疾由于坚持抗金的主张，遭到投降派的打击，长期未得任用，隐居乡村。词的上阕头两句，写了一所矮小的茅屋，紧靠着房屋的是清澈的小溪，溪边长满了碧绿的青草。第三、四两句描写了一对满头白发的老夫妻，他们亲密地坐在一起，一边喝酒、一边聊天的悠闲自得的画面。

下阕四句，写出了三个儿子的不同形象。尤其是小儿无拘无束地剥着莲蓬、吃着莲子的那种天真活泼的神情状貌，饶有情趣、栩栩如生，可谓神来之笔。这是一个平静的乡村,这是一个和谐的五口之家,在如此动荡的岁月,作者也希望有这样一幅美好生活的画面出现在所有人的面前。

京都[1]元夕[2]

（金）元好问

袨服[3]华妆[4]着处[5]逢，
六街灯火闹儿童[6]。
长衫[7]我亦何为[8]者，
也在游人笑语中。

注　释

①京都：指汴京。今属河南开封。

②元夕：元宵节，正月十五晚上。

③袨（xuàn）服：盛服，指漂亮的衣服。

④华妆：华贵的妆容。

⑤着处：到处。

⑥闹儿童：儿童玩耍嬉闹。

⑦长衫：穿着长衫的读书人。

⑧何为：为何，做什么。

赏　析

这首诗写的是元宵节时，街上热闹非凡，到处都能碰到穿着盛装的人来看灯，小孩子则在街道上欢闹着。“我”这个身穿朴素长衫的读书人，也在游人欢声笑语的气氛中赏灯猜谜。诗歌写出了京都元宵佳节时晚上的喜庆和热闹。

蔽月山房

（明）王阳明

山近月远觉[①]月小，
便道[②]此山大于月。
若有人眼大如天，
当见[③]山高月更阔[④]。

注　释

①觉：认为。

②便道：于是就说。

③当见：便会发现。

④阔：宽广。

赏　析

这首诗是王阳明十二岁时所作，一个孩子有如此眼界，令人佩服。诗中写到：因为山近月远所以觉得月比山小，但如果有人眼光开阔，是否会发现，山虽然高，但月亮更为广阔。

这首诗语言简单直白却含有丰富的哲理。山和月究竟谁大，这个十二岁的少年用他独特的观察思考方式给出了他的答案，即山虽高，但月亮更大。

哭象棋诗

（明）王阳明

象棋在手乐悠悠，苦被严亲[1]一旦丢[2]。
兵卒坠河皆不救，将军溺水一齐休[3]。
马行千里随波去，士入三川逐浪流。
炮响一声天地震，象若心头为人揪。

注　释

①严亲：父母。
②丢：扔了。
③一齐休：一道完结。

赏　析

少年王阳明在爷爷的影响下，着迷于象棋，而且棋艺超群，但父母并不认为他下棋有什么好处，应该刻苦攻读、考取功名才好。有一次，因他贪下象棋，忘了回家吃饭，母亲一气之下，夺了他的象棋，扔到河里。他看着象棋随水漂流，捶首顿足，于是就写了上面这首诗。此诗首联点出惋惜之意，末联饱含悲壮之情。全诗语言生动、有趣，利用象棋的特点，写出了诗人内心的无奈。

风鸢图诗

（明）徐渭

柳条搓[①]线絮[②]搓棉，
搓够千寻[③]放纸鸢。
消得[④]春风多少力，
带将[⑤]儿辈上青天[⑥]。

注　释

①搓：两个手掌反复摩擦，或把手掌放在别的东西上来回揉。

②絮：柳絮。

③寻：古代的长度单位，以八尺为一寻，千寻指极长。

④消得：消耗，耗费。

⑤带将（jiāng）：带领。

⑥上青天：送上青云之路。

赏　析

这首诗的一开头给我们展示了一幅画面，一群孩子在使劲地搓呀搓，他们在搓放风筝的线，等线够长了他们就可以去放风筝了。接着，诗人笔锋一转，发出感慨：春风需要花多少力气才能把风筝送上天去自由飞翔，而长辈又需要花多少心血，才能把孩子培养成一个个优秀的人才。

本诗以搓线起兴，前两句三个“搓”字将小孩子急切的心情表露无遗。最后两句引出双关句，“上青天”既指纸鸢飞上天，也包含着对儿辈的殷切期望，使诗境得到升华。

与李太虚

（明）汤显祖

少年豪气[1]几时[2]成，
断酒[3]辞[4]家向此行。
夜半梅花春雪里，
小窗灯火读书声。

注　释

①豪气：雄心壮志。

②几时：什么时候。

③断酒：戒酒。

④辞：离开。

赏　析

全诗起句豪气冲天，少有壮志；第二句写为了理想而执着追求。第三、四句尤其值得称道，既是写景句，也是叙事句。景美事美，读书的环境美，读书最终成就“豪气”。汤显祖的戏剧及诗词成就是对这首诗的最好诠释。

放风筝

（清）孔尚任

结伴儿童裤褶[①]红，
手提线索骂天公。
人人夸[②]你春来早，
欠我风筝五丈风。

注释

①裤褶（zhě）：这里指衣裤。

②夸：夸赞。

赏析

儿童结伴去放风筝，兴致勃勃地准备好了一切，却等不到足够大的春风，风筝也就放不起来。人们都说今年春天来得早，可欠缺的是来得早的春风。诗中写出了儿童率真、急切的心情，也写出了儿童对放风筝的钟爱。“骂”“夸”“欠”三个字的运用，展现了儿童天真、活泼的心理，颇有表现力。

所 见

（清）袁枚

牧童骑黄牛，
歌声振林樾[①]。
意欲[②]捕鸣蝉，
忽然闭口立[③]。

注 释

①振林樾（yuè）：（歌声）在树林里回荡。

②欲：想要。

③立：站立。

赏 析

这是一首反映儿童生活的诗篇，诗人在诗中赞美了小牧童充满童趣的生活。诗中的牧童坐在高大的牛背上，边走边唱，歌声在树林里回荡，写出了小牧童的快乐、自在。可是歌声忽然没有了，人们还在好奇，而后发现牧童是因为听见了蝉鸣想要捉蝉，所以屏住呼吸，一声不吭。这一动一静的变化，写出了小牧童天真烂漫的形象。

村　居[1]

（清）高鼎

草长莺飞二月天[2]，
拂堤杨柳醉春烟[3]。
儿童散学归来早，
忙趁东风[4]放纸鸢。

注　释

①村居：在乡村里居住。

②二月天：农历二月，指春天。

③拂堤杨柳：杨柳枝条很长，垂下来，微微摆动，像是在抚摸堤岸。醉：迷醉，陶醉。春烟：春天水泽、草木等蒸发出来的雾气。

④东风：春风。

赏　析

这首诗描写诗人在乡村所见到的景象：一群儿童在村旁的草地上放风筝，这时的大自然春光明媚，万紫千红，迷人的景色让人陶醉。诗人在这样的美景中享受到一份快乐，一份自由。诗中有景有人有事，充满了生活情趣。

岁暮到家

（清）蒋士铨

爱子心无尽[①]，归家喜及辰[②]。
寒衣针线密，家信墨痕新。
见面怜[③]清瘦，呼儿问苦辛。
低徊[④]愧人子[⑤]，不敢叹风尘[⑥]。

注释

①爱子心无尽：爱子之心是无穷无尽的。

②及辰：及时，正好赶上。这里指过年之前能够返家。

③怜：怜爱，怜惜。

④低徊：迟疑徘徊。

⑤愧人子：有愧于自己作儿子的未能尽到赡养父母的责任，反而惹得父母为自己操心。

⑥风尘：这里指旅途的劳累苦辛。

赏析

这首诗表达了浓浓的母子之情。第一、二句写出了母亲对儿子的爱没有止境，儿子在过年之前归来让母亲惊喜万分。第三、四句写出母亲对儿子的关爱之情，寒衣在身，家信在手，母亲的浓浓爱意和谆谆教诲犹在身边和耳畔。第五、六句把母亲对孩子无微不至的关怀写得真实而有画面感，情真意切，感人肺腑。最后两句写诗人自己的心态：儿子在外谋生，没有尽到孝心，愧对母亲的关爱。即使有太多的辛苦与无奈，也不敢直率地告诉母亲，以免让她老人家听了难受。所以“不敢叹风尘”一句，自然也包含了“谁言寸草心，报得三春晖”的意思。

小学校学生相和歌（节选）

（清）黄遵宪

勉勉汝[1]小生，
汝当发愿[2]造世界。
太平升平虽有待[3]，
此责此任[4]在汝辈。

注释

①汝：你，你们。

②发愿：许下愿望，这里指立志。

③有待：有所期待。

④此责此任：这种责任。

赏析

这首诗勉励小学生，从小要立志认识世界和改造世界；太平世界要发展，此时，这种责任在年轻一代的身上。

《小学校学生相和歌》在当时是具有代表性的“学堂乐歌”，被梁启超称为“亦一代妙文也”。此篇为节选四句，用“勉勉汝小生”开篇，号召学生敢于担当。

水调歌头·甲午

（清）梁启超

拍碎双玉斗[①]，慷慨一何多。满腔都是血泪，无处著悲歌[②]。三百年来王气，满目山河依旧，人事竟如何？[③]百户尚牛酒，四塞[④]已干戈。

千金剑，万言策，两蹉跎。醉中呵壁自语[⑤]，醒后一滂沱[⑥]。不恨年华去也，只恐少年心事，强半为消磨[⑦]。愿替众生病，稽首[⑧]礼维摩。

注释

①双玉斗：玉制的酒器。

②无处著悲歌：何处诉说心中的悲哀。

③人事竟如何：人事又怎么样了呢？

④四塞：四方边塞，边境。

⑤醉中呵壁自语：我喝醉酒对着墙壁自言自语。

⑥醒后一滂沱：醒后又滂沱大哭。

⑦消磨：（意志、精力）逐渐消耗磨灭。

⑧稽（qǐ）首：古代一种跪拜礼，为“九拜”之一。

赏析

梁启超先生满腔热血，一腔悲歌竟无处诉说；不悲叹年华的逝去，不悲叹逝水的无情，只怕少年时候的雄心壮志，大半被蚀损消磨尽。

国家风雨飘摇，清政府已四面楚歌，多少仁人志士也曾为此付出热血和生命的代价。这首词写于中日甲午战争之际，作者告诫自己即使年华老去，也要有豪情壮志，也愿为国家鞠躬尽瘁，死而后已。该词也提醒我们青少年要珍惜美好年华，不要让自己的青春豪情被时光消磨殆尽。

井　赞

毛泽东

天井[1]四四方，
周围是高墙。
清清见卵石，
小鱼囿[2]中央。
只喝井里水，
永远养不长[3]。

注　释

①天井：指江南地区房子与房子之间的宅院。

②囿（yòu）：局限，拘泥。

③养不长：长不大。

赏　析

这首诗是十三岁的毛泽东所写，他因外出玩耍而被私塾先生惩罚以天井做诗。毛泽东将天井观察一番，于是写下这首诗。全诗语言浅显，通过对常见事物的描写，运用比喻的手法，表达了一个深刻的道理：一个人在成长时期，不能只喝“井里的水”，那样会“营养不良”；人得不到锻炼的话，永远也长不大。

古文童心

两小儿辩日

孔子东游[①]，见两小儿辩斗[②]，问其故。

一儿曰："我以[③]日始[④]出时去[⑤]人近，而日中[⑥]时远也。"一儿以日初[⑦]出远，而日中时近也。

一儿曰："日初出大如车盖[⑧]，及[⑨]日中则[⑩]如盘盂[⑪]，此不为[⑫]远者小而近者大乎？"

一儿曰："日初出沧沧凉凉[⑬]，及其日中如探汤[⑭]，此不为近者热而远者凉乎？"

孔子不能决[⑮]也。两小儿笑曰："孰[⑯]为汝[⑰]多知[⑱]乎？"

——《列子·汤问》

注释

①东游：向东游历。

②辩斗：辩论，争论，争辩。

③以：认为。

④始：刚刚，才。

⑤去：距离。

⑥日中：正午。

⑦初：刚刚。

⑧车盖：古时车上的篷盖，像雨伞一样呈圆形。

⑨及：到。

⑩则：就。

⑪盘盂(yú):古代盛放食物的器皿。

⑫为:是。

⑬沧沧凉凉:形容清凉的感觉。沧沧,寒冷的意思。

⑭探汤:探试沸水。指天气炎热。

⑮决:判断。

⑯孰:谁。

⑰汝:你。

⑱知:同“智”,这里指智慧。

赏析

孔子在游历途中见两个小孩争论,一个小孩认为太阳刚升起时离人近,而中午离人远;另一个小孩认为太阳刚升起时离人远,而中午离人近。第一个小孩认为太阳升起时如车盖,而到中午只有盘子大小,这难道不是远小近大吗？第二个小孩认为太阳升起时是清凉的感觉,而中午则是炎热的,这难道不是近热远凉吗？孔子听了也不能判断,两个孩子笑着说:“谁说你知识渊博呢?”

“知之为知之,不知为不知,是知也。”孔子面对两小儿的争辩而不妄加决断,正体现了他实事求是的态度。两小儿善于观察常见的生活现象,从中发现问题,引发思考。他们从不同的角度观察事物、认识事物,结果自然就不一致。从两小儿的对话中可见他们平时善于观察和思考,并能大胆提出自己的疑问和想法,这是很好的学习态度,也是难能可贵的,值得我们学习。

学　弈

弈秋[1]，通国[2]之善[3]弈者也。使[4]弈秋诲[5]二人弈，其[6]一人专心致志，惟弈秋之为听[7]；一人虽听之，一心以为[8]有鸿鹄[9]将至[10]，思[11]援[12]弓缴[13]而射之。虽与之俱学，弗若之矣[14]。为是其智弗若与[15]？曰：非然也[16]。

——《孟子·告子》

注　释

①弈秋：弈，下棋。秋，人名，因他善于下棋，所以称为弈秋。

②通国：全国。通，全。

③善：善于，擅长。

④使：让。

⑤诲：教导。

⑥其：其中。

⑦惟弈秋之为听：只听弈秋（的教导）。

⑧以为：认为，觉得。

⑨鸿鹄：大雁和天鹅。

⑩将至：将要到来。

⑪思：想。

⑫援：引，拉。

⑬弓缴（zhuó）：弓箭。缴，系在箭上的丝绳，射鸟用。

⑭弗若之矣：成绩却不如另外一个人了。矣，了。

⑮为是其智弗若与:因为他的智力比别人差吗？弗若,不如。

⑯非然也:不是这样的。

赏　析

弈秋是全国最善于下棋的人。让弈秋教导两个人学下棋,其中一个人专心致志地学习,只听弈秋的教导;另一个人虽然也在听弈秋的教导,却一心以为有大雁要飞来,想要拉弓去把它射下来。虽然和前一个人一起学棋,但棋艺不如前一个人好。难道是因为他的智力不如前一个人吗？回答说:不是这样的。

通过弈秋教两个人学下棋的故事,说明做事情必须专心致志才能取得成功,三心二意只会事倍功半。

智子疑邻

宋[①]有富人，天雨墙坏[②]。其子曰："不筑[③]，必将有盗[④]。"其邻人之父[⑤]亦云。暮[⑥]而果[⑦]大亡[⑧]其财。其家甚智[⑨]其子，而疑[⑩]邻人之父。

——《韩非子·说难》

注释

①宋：指宋国。

②坏：毁坏。

③筑：修补。

④必将有盗：肯定会有盗贼。

⑤父（fǔ）：老人。

⑥暮：晚上。

⑦果：果然。

⑧亡：丢失。

⑨智：聪明。

⑩疑：怀疑。

赏析

宋国有个富人，天降大雨把他家的墙淋坏了。他儿子认为如果不抓紧修好，一定会有盗贼，邻居家的老人也这么说。晚上他家果然丢失了财物，这家人都认为儿子很聪明，却怀疑是邻居家的老人偷盗的。

故事里的这家人对待邻居家的老人和自己家儿子的态度截然不同，只赞赏儿子聪明，却怀疑偷盗是隔壁那个老人干的，这样的判断失之偏颇。这个故事告诫人们，如果不尊重事实，只用亲疏感情作为判断是非的标准，往往会得出错误的结论。因此在评价和判断一件事的时候，我们要实事求是，不能主观臆测。

师旷论学

晋平公[①]问于[②]师旷[③]曰："吾年七十，欲学，恐[④]已暮[⑤]矣。"师旷曰："何不秉烛[⑥]乎？"平公曰："安[⑦]有为人臣而戏[⑧]其[⑨]君乎？"师旷曰："盲臣[⑩]安敢戏君乎？臣闻[⑪]之：少而好学，如日出之阳[⑫]；壮而好学，如日中之光；老而好学，如秉烛之明。秉烛之明，孰与[⑬]昧行[⑭]乎？"平公曰："善哉！"

——《说苑·建本》

注释

①晋平公：春秋时期晋国君主。

②于：对，向。

③师旷：晋国乐师，字子野。

④恐：害怕。

⑤暮：晚了，迟了。

⑥秉烛：拿着点着的火把。这里的烛指火把。

⑦安：疑问代词，怎么，哪里。

⑧戏：戏弄。

⑨其：自己的。

⑩盲臣：师旷为盲人，故自称。意为失明的臣子。

⑪闻：听说。

⑫阳：太阳的光亮。

⑬孰与：固定格式，常用作比较选择，译作"……与……相比，怎么样"。

⑭昧行：在黑暗中行走。昧，黑暗。

赏　析

晋平公对师旷说："我已经七十岁了，想要学习，但是恐怕已经晚了。"师旷回答说："为什么不点上火把呢？"晋平公说："哪有做臣子的和君主开玩笑的呢？"师旷说："我是一个双目失明的人，怎么敢戏弄君主。我曾听说，少年的时候喜欢学习，就像初升的太阳一样；中年的时候喜欢学习，就像正午的太阳一样；晚年的时候喜欢学习，就像点着火把一样明亮。点上火把和在黑暗中走路哪个好呢？"晋平公说："讲得好啊！"

本文以形象的比喻阐述了抽象的道理，说明一个人只要有坚持不懈、努力向上的精神，无论什么时候学习都不算晚。

孟母三迁

邹孟轲母，号孟母。其舍[①]近墓。孟子之少也，嬉游为墓间之事[②]，踊跃筑埋。孟母曰："此非吾所以居处子[③]也。"乃去[④]，舍市[⑤]旁。其嬉[⑥]戏为贾人[⑦]铉卖[⑧]之事。孟母又曰："此非吾所以处吾子也。"复徙居[⑨]学宫之旁。其嬉游乃设俎豆[⑩]，揖让进退[⑪]。孟母曰："真可以处居子矣。"遂[⑫]居。及[⑬]孟子长，学六艺，卒[⑭]成大儒[⑮]之名。君子谓孟母善以渐化。

——《列女传·母仪》

注释

①舍：家。

②墓间之事：指埋葬、祭扫死人一类的事。

③处子：安顿儿子。

④乃去：于是就离开了。

⑤市：集市。

⑥嬉：游戏，玩耍。

⑦贾（gǔ）人：商贩。

⑧铉卖："铉"同"炫"，沿街叫卖。

⑨徙居：搬家。

⑩俎（zǔ）豆：古代祭祀用的两种盛器，此指祭礼仪式。

⑪揖让进退：古代宾主相见的礼仪。揖，作揖。

⑫遂：最后。

⑬及:等到。

⑭卒:最终,终于。

⑮大儒:圣贤。

赏　析

孟子的母亲,世人称她为孟母。孟子小时候,因为居住的地方离墓地很近,所以孟子学了些祭拜之类的事。他的母亲说:“这个地方不适合孩子居住。”于是将家搬到集市旁,孟子又学了些做买卖的本事。母亲又想:“这个地方还是不适合孩子居住。”又将家搬到学宫旁边。孟子学会了宾主相见的一些礼节。孟母说:“这才是孩子居住的地方。”就在这里定居下来。等孟子长大,学习各方面知识,终成一代大儒。人们都说孟母善于利用环境教导孩子。

良好的人文环境对青少年的生活和成长而言是十分重要的。社会环境与一个人,特别是青少年的成长有直接的关系。孟子后来成为大学问家,与社会环境对他的熏陶感染有很大关系。

凿壁偷光

匡衡，字稚圭，勤学而无烛。邻舍有烛而不逮[①]，衡乃[②]穿壁[③]引其光，以书映光而读之。邑人[④]大姓[⑤]文不识[⑥]，家富多书，衡乃与其佣作[⑦]而不求[⑧]偿[⑨]。主人怪[⑩]，问衡，衡曰："愿[⑪]得主人书遍读之。"主人感叹，资给[⑫]以书，遂成大学[⑬]。

——《西京杂记》

注 释

①不逮：（烛光照）不到。逮，到、及。

②乃：就。

③穿壁：在墙上凿洞。

④邑人：同县的人。

⑤大姓：大户人家。

⑥文不识：指不识字。

⑦佣作：做雇工，劳作。

⑧求：要。

⑨偿：报酬。

⑩怪：对……感到奇怪。

⑪愿：希望。

⑫资给：借，资助。

⑬大学：大学问家。

赏 析

匡衡家里很穷，晚上想读书，但是点不起灯，所以天一黑，他就无法看书了。邻居家有蜡烛，匡衡就在墙壁上凿了洞引来光亮，然后借着光亮继续读书。匡衡读书越来越多，却没有钱买书读，后来他听说县里有个大户人家，家中富有，有很多书。匡衡就到他家去做雇工，但不要报酬。主人感到很奇怪，问他为什么这样，他说："我希望读遍主人家的书。"主人听了，深为感叹，就借书给匡衡，以此资助匡衡。匡衡最终成为大学问家。

青少年要学习匡衡凿壁偷光的精神，学习他不怕艰难、立志苦读的恒心与毅力。

子路受教

子路[①]初见[②]孔子，子曰："汝[③]何[④]好[⑤]乐？"对曰："好长剑。"孔子曰："吾非此之问也。徒[⑥]谓以子[⑦]之所能[⑧]，而加之以学问，岂[⑨]可及[⑩]哉？"……子路曰："南山有竹，不柔[⑪]自直，斩[⑫]而用之，达于犀革[⑬]。以此言之，何学之有[⑭]？"

孔子曰："栝[⑮]而羽[⑯]之，镞[⑰]而砺[⑱]之，其入之不亦深乎？"

子路再拜曰："敬而受教。"

——《孔子家语》

注释

①子路：孔子的学生。

②初见：第一次拜见。

③汝：你。

④何：什么。

⑤好：喜好。

⑥徒：只是。

⑦子：你。

⑧能：能力，才能。

⑨岂：怎么，难道。

⑩及：赶上，追上。

⑪柔：搓弄，摩擦，这里泛指加工。

⑫斩：砍伐。

⑬犀革:犀牛的皮。

⑭以此言之,何学之有:从这方面来讨论,有什么需要学(的理由)呢?

⑮栝(guā):箭末扣弦处。这里是动词,削。

⑯羽:羽毛,这里指装上羽毛。

⑰镞(zú):原指箭头,这里指装上金属箭头。

⑱砺(lì):磨刀石,这里指磨。

赏析

子路初次拜见孔子,孔子问他:“你有什么喜好?”子路回答说:“我喜欢长剑。”孔子说:“我不是问这方面。只是以你的天赋,再加上学习,怎么会有人赶上呢?”子路说:“南山有一种竹子,不需加工就很直,砍下来用它做箭,能穿透犀牛皮做的铠甲,从这方面来看我有什么需要学的理由呢?”

孔子说:“如果劈开它在一端束上羽毛,并给它加上金属的箭头,它射得不就更深了吗?”

子路听后连拜两次说:“多谢先生教导。”

这则短文通过孔子与弟子子路的对话,生动而深刻地说明了学习的重要性,也是对学生的指引与勉励。文中以加工后的箭与现成的竹竿作喻,深入浅出地说明了努力学习必有进步的道理,从而突出了学习在人们成长道路上的意义。

一毛不拔

一猴死，见冥王[①]，求转人身[②]。王曰："既[③]欲做人，须将毛尽拔去。"即唤夜叉拔之。方[④]拔一根，猴不胜[⑤]痛叫。王笑曰："看你一毛不拔，如何做人？"

——《笑林》

注　释

①冥王：阎王。

②转人身：投胎做人。

③既：既然。

④方：才。

⑤胜：能忍受。

赏　析

一只猴子死后见到阎王，向阎王请求投胎做人。阎王说："既然你想做人，就需要将毛全部拔掉。"于是就叫夜叉给猴子拔毛。刚刚才拔下一根毛，猴子就忍不住痛叫了起来。阎王笑道："看你，连一根毛都舍不得拔，怎么做人呢？"

这是一则寓言故事，文章简短，却发人深省，告诫人们，想要达成某件事，必须要有所付出，坐享其成是不现实的。"一毛不拔"是一个成语，形容一个人非常吝啬自私。

诫[1]子书

夫君子[2]之行，静以修身[3]，俭以养德[4]。非澹泊[5]无以明志[6]，非宁静[7]无以致远[8]。夫学须静也，才须学也。非学无以广才[9]，非志无以成[10]学。淫慢[11]则不能励精[12]，险躁[13]则不能治性[14]。年与[15]时驰[16]，意与日去[17]，遂[18]成枯落[19]，多不接世[20]，悲守穷庐[21]，将复何及[22]！

——《诸葛亮集·文集》

注 释

①诫：警告，劝人警惕。

②君子：品德高尚的人。

③修身：个人的品德修养。

④养德：培养品德。

⑤澹泊：不追求名利。

⑥明志：表明自己崇高的志向。

⑦宁静：这里指安静，集中精神，不分散精力。

⑧致远：实现远大目标。

⑨广才：增长才干。

⑩成：达成，成就。

⑪淫慢：过度的享乐和怠惰。

⑫励精：尽心，专心，奋勉，振奋。

⑬险躁：冒险急躁，狭隘浮躁，与上文“宁静”相对而言。

⑭治性:陶冶性情。治,修养。

⑮与:跟随。

⑯驰:疾行,这里是增长的意思。

⑰日去:时间消逝、逝去。

⑱遂:于是,就。

⑲枯落:枯枝和落叶,这里指像枯叶一样飘零,形容人韶华逝去。

⑳多不接世:意思是对社会没有任何贡献。接世,接触社会,承担事务,对社会有益。有“用世”的意思。

㉑穷庐:破房子。

㉒将复何及:又怎么来得及。

赏析

品德高尚的人,以内心安静来修养身心,依靠勤俭朴素来培养自己的品德。不恬静寡欲无法明确志向,不集中精力无法实现远大目标。学习必须静心专注,而才干来自学习。不学习就不能增长才干,不明确志向就不能有所成就。放纵怠惰就不能振作精神,急躁冒险就不能修养性情。年华随时光而飞驰,意志随岁月而流逝,人生最终如落叶枯败凋落,大多不接触世事、对社会无益,只能悲哀地困守在自己的破房子里,到时悔恨又怎么来得及!

被誉为“智慧的化身”的诸葛亮,在家训中用充满智慧之语,从修身养性、治学做人方面阐述的道理发人深省。文章前半部分教育儿子澹泊自守、守静自处,后半部分以慈父口吻教导儿子“少壮不努力,老大徒伤悲”,字字珠玑。全文说理平易,言简意丰。后来,这封信成为激励历代学子修身立志的名篇。

曹冲称象

少聪察岐嶷[①]，生五六岁，智意[②]所及[③]，有若[④]成人之智。时孙权曾致[⑤]巨象，太祖[⑥]欲知[⑦]其斤重，访[⑧]之群下[⑨]，咸[⑩]莫能出其理[⑪]。冲曰："置[⑫]象大船之上，而刻其水痕所至[⑬]，称物以载之，则校[⑭]可知矣。"太祖大悦[⑮]，即施行焉[⑯]。

——《三国志·魏书·武文世王公传》

注释

①岐嶷(qí yí):形容少年聪慧。

②意:意识。

③所及:所能达到。

④若:相比。

⑤致:送到。

⑥太祖:曹操,即曹冲之父。

⑦欲知:想要知道。

⑧访:询问。

⑨群下:手下群臣。

⑩咸:全,都。

⑪理:办法;道理。

⑫置:安放。

⑬所至:所到达的地方。

⑭校:通"较",比较。

⑮悦:高兴,开心。

⑯施行焉:按这办法做了。

赏 析

曹冲从小就聪慧过人,五六岁时,智力已经大致和成人相当。当时孙权送来一头大象,曹操想知道它的重量,便询问部下,没有人能说出一个好办法。曹冲说:“把大象放在船上,然后刻下船下降的深度,再把其他东西放在船上称重,刻下与大象上船一样的深度,就可以比较出大象的重量了。”曹操十分高兴,立刻命人这样做。

这个故事说明我们遇事要善于观察,开动脑筋想办法。换一种思维方式想问题,可能是解决问题的关键。

管宁割席

管宁[①]、华歆[②]共[③]园中锄菜，见地有片金，管挥锄与瓦石不异，华捉[④]而掷去之。又尝[⑤]同席读书，有乘轩冕[⑥]过门[⑦]者，宁读如故[⑧]，歆废书[⑨]出看。宁割席[⑩]分坐，曰："子非吾友也[⑪]！"

——《世说新语·德行》

注 释

①管宁：字幼安，三国时期北海郡朱虚（今属山东）人。

②华歆（xīn）：字子鱼，平原高唐（今属山东）人，三国时期魏国的大臣。

③共：一起。

④捉：拿起来，举起，握。

⑤尝：曾经。

⑥轩冕：古代卿大夫的车服。

⑦过门：从门前走过。

⑧如故：像原来一样。

⑨废书：放下书。废，放下。

⑩割席：割开草席，分清界限，断绝关系。席，坐具，坐垫。古代人常铺席于地，坐在席子上面。

⑪子非吾友也：你不是我的朋友了。

赏 析

管宁与华歆一起在园中锄地种菜，看到地上有一块金子，管宁照样挥锄,把金子视同瓦片石块,华歆则把金子捡起来再扔掉。两人又曾经同坐在一张席子上读书,有官员乘马车从门外经过,管宁照样读书,华歆却扔下书本跑出去看。于是管宁割断席子与华歆分开坐,说:“你不是我的朋友了。”

管宁和华歆本来是好朋友,但朋友是建立在共同的理想、信念基础上的,只有两个志同道合的人走在一起,才算是朋友。管宁与华歆断交,说明两人志向不同,也反映了管宁不贪慕虚荣、做事专心致志的态度。

徐孺子赏月

徐孺子年九岁，尝[①]月下戏[②]，人语[③]之曰："若令[④]月中无物[⑤]，当极明[⑥]邪？"徐曰："不然。譬如人眼中有瞳子[⑦]，无此，必不明。"

——《世说新语·言语》

注释

①尝：曾经。

②戏：玩耍，嬉戏。

③语(yù)：告诉。

④若令：如果。

⑤物：指人和事物。神话传说月亮里有嫦娥、玉兔、桂树等。

⑥极明：非常明亮。

⑦瞳子：瞳孔。

赏析

徐孺子九岁时在月下玩耍，有人问他："如果月亮上没有传说中的人或物的话，月亮是不是会更亮？"徐孺子回答说："不会的，就像人的眼睛中如果没有瞳孔，就看不见东西了。"

徐孺子将月亮和眼睛作对比，用具体的事物说明了抽象的道理，即有时候一些看似无用的东西，却是发挥作用的关键。

汗不敢出

钟毓、钟会[①]少[②]有令誉[③]。年十三，魏文帝闻[④]之，语其父繇曰："可令二子来。"于是敕见[⑤]。毓面有汗，帝曰："卿[⑥]面何以[⑦]汗？"毓对[⑧]曰："战战[⑨]惶惶[⑩]，汗出如浆。"复[⑪]问会："卿何以不汗？"对曰："战战栗栗，汗不敢出。"

——《世说新语·言语》

注释

①钟毓、钟会：魏太傅钟繇(yáo)的儿子。

②少：少年。

③令誉：美好的声誉。

④闻：听说。

⑤敕(chì)见：皇帝下诏书接见。

⑥卿：你。

⑦何以：为什么？

⑧对：回答。

⑨战战：害怕得发抖的样子。

⑩惶惶：恐惧的样子。

⑪复：再，又。

赏析

钟毓、钟会两兄弟很小的时候就美名远扬，十三岁的时候，连魏文帝都听说了他们的事迹。魏文帝对钟繇说："可不可以见见你两个天资聪颖的儿子啊?"于是，魏文帝下令召见了兄弟俩。在面见魏文帝的时候，钟毓脸上冒出了汗，魏文帝问："你脸上为什么出汗呢?"钟毓回答："由于恐惧慌张才会汗流浃背。"魏文帝又问钟会："你为什么不出汗啊?"钟会回答："我是害怕惊慌到了极点，连汗都不敢出了。"

十三岁的孩子第一次拜见天子，居然如此镇定，答话巧妙，谦虚诙谐，说明钟毓、钟会两人的胆识与才华过人，才思敏捷。

杨氏之子

梁国杨氏[1]子九岁,甚[2]聪惠[3]。孔君平[4]诣[5]其父,父不在,乃[6]呼儿出。为设[7]果,果有杨梅。孔指以示[8]儿曰:“此是君家果。”儿应声答曰:“未闻[9]孔雀是夫子[10]家禽。”

——《世说新语·言语》

注释

①氏:姓氏,表示家族的姓。

②甚:非常。

③惠:同“慧”,智慧的意思。

④孔君平:孔坦,字君平,官至廷尉。

⑤诣:拜见。

⑥乃:就,于是。

⑦设:摆放,摆设。

⑧示:给……看。

⑨未闻:没有听说过。

⑩夫子:旧时对学者或老师的尊称。

赏析

梁国有一户姓杨的人家,他家有一个九岁的儿子十分聪明。孔君平去拜会孩子的父亲,孩子的父亲不在家,于是他就叫小孩出来。为欢迎客人到来,他家摆放了一些水果,水果里有杨梅。孔君平指着杨梅,说:“这是你家的果子。”杨氏之子回答:“没听说孔雀是先生您家的鸟。”

文中两人的对话都在姓氏上做文章,十分有趣。一个九岁的小朋友面对大人的玩笑能有如此巧妙的回答,足见这个孩子思维敏捷,语言机智幽默。

咏 雪

谢太傅[1]寒雪日[2]内集[3]，与儿女[4]讲论文义[5]，俄而[6]雪骤[7]，公欣然[8]曰："白雪纷纷何所似？"兄子胡儿[9]曰："撒盐空中差可拟[10]。"兄女[11]曰："未若[12]柳絮因风起。"公大笑乐。即公大兄无奕[13]女，左将军王凝之[14]妻也。

——《世说新语·言语》

注 释

①谢太傅：即谢安，字安石，晋朝陈郡阳夏（今河南太康）人。死后追赠为太傅。

②寒雪日：寒冷的雪天。

③内集：家庭内的集会。

④儿女：指子侄辈。

⑤讲论文义：谈论诗文。

⑥俄而：不久，不一会儿。

⑦雪骤：雪下得大而急。

⑧欣然：高兴的样子。

⑨胡儿：即谢朗，谢安之兄谢据的长子，官至东阳太守。

⑩差可拟：差不多可以相比。拟，相比。

⑪兄女：指谢安的侄女谢道韫（yùn）。

⑫未若：不如，比不上。

⑬无奕：指谢奕，字无奕，谢安兄长。

⑭王凝之：字叔平，王羲之次子，曾担任江州刺史、左将军以及会稽内史等官职。

赏　析

谢太傅在一个寒冷的雪天举行家庭聚会，与子侄们谈论诗文。一会儿，雪下得紧了，谢太傅高兴地说："这纷纷扬扬的白雪像什么呢？"他哥哥的长子胡儿说："把盐撒在空中差不多可以相比。"他哥哥的女儿说："不如比作风把柳絮吹得满天飞舞。"谢太傅高兴地大笑。她就是谢太傅大哥谢无奕的女儿，左将军王凝之的妻子。

胡儿的比喻——空中撒盐，追求的是与雪花形似，而谢道韫的比喻——柳絮随风而起，则形神皆备。柳絮似花非花，因风而起，漫天飞舞，与雪花十分相似，相较之下，孰优孰劣，即见分晓。文章最后一句也暗示了谢道韫很有才气。

七步成诗

文帝[①]尝[②]令东阿王[③]七步中作诗,不成者行大法[④]。应声便为诗曰:"煮豆持作羹[⑤],漉菽以为汁[⑥]。萁[⑦]在釜[⑧]下然[⑨],豆在釜中泣。本自同根生,相煎[⑩]何太急!"帝深有惭色[⑪]。

——《世说新语·文学》

注释

①文帝:魏文帝曹丕,字子桓。与其父曹操、其弟曹植合称"三曹"。

②尝:曾经。

③东阿王:曹植,字子建,曾封为东阿王,谥号思,世称陈思王。

④大法:大刑,这里指死刑。

⑤煮豆持作羹(gēng):煮熟了豆子做豆羹。羹,有浓汁的食物。

⑥漉(lù)菽(shū)以为汁:滤去豆渣做成豆羹汁。漉,水慢慢渗下。菽,豆类的总称。

⑦萁(qí):豆秸。

⑧釜:古代的一种炊具,圆底无足,形状和功能接近现代的锅。

⑨然:同"燃",燃烧。

⑩煎:煎熬。

⑪惭色:惭愧的表情。

赏析

魏文帝曹丕曾经命令他的弟弟曹植在七步之内作诗一首,如作不出就要动用死刑。曹植应声赋诗，表达了内心的无限悲凉之情，魏文帝听后也深感惭愧。

这首诗用同根而生的萁和豆来比喻同父共母的兄弟，用萁煎其豆来比喻同胞骨肉的残害，生动形象、深入浅出地反映了封建统治集团内部的残酷斗争和诗人自身处境的艰难，表达了诗人沉郁激愤的心情。

陈太丘与友期行

陈太丘[①]与[②]友期行[③]，期日中[④]，过中不至[⑤]，太丘舍去[⑥]，去后乃至[⑦]。元方[⑧]时年[⑨]七岁，门外戏[⑩]。客问元方："尊君[⑪]在不？"答曰："待[⑫]君久不至，已去。"友人便怒，曰："非[⑬]人哉！与人期行，相委[⑭]而去。"元方曰："君[⑮]与家君[⑯]期日中。日中不至，则是无信[⑰]；对子骂父，则是无礼[⑱]。"友人惭[⑲]，下车引[⑳]之，元方入门不顾[㉑]。

——《世说新语·方正》

注释

①陈太丘：即陈寔(shí)，字仲弓，东汉颍川许县人(今河南许昌)。

②与：和。

③期行：相约同行。期，约会，约定时间。行，出行。

④日中：正午时分。

⑤至：到。

⑥舍去：不再等候而离开了。

⑦乃至：(友人)才到。乃，才。

⑧元方：陈寔的长子。

⑨时年：这年(那时)。

⑩戏：玩耍，游戏。

⑪尊君：对别人父亲的一种尊称。

⑫待：等待。

⑬非:不是。

⑭委:抛弃,舍弃。

⑮君:古代尊称对方,现可译为"您"。

⑯家君:家父。

⑰信:诚信,信用。

⑱礼:礼貌。

⑲惭:惭愧。

⑳引:牵拉,这里指表示友好的意思。

㉑顾:回头看。

赏析

陈太丘与朋友相约同行,时间定在中午,朋友未到,他便先走了。而后朋友到了,朋友见太丘的儿子元方在门外玩,就问:"你父亲在不在?"元方回答说:"等你很久不来,已经走了。"朋友生气地说:"真不是人,与人约好却丢下别人自己走了。"元方听后说:"您与家父相约中午,您没到,是不讲信用;现在又在他儿子面前骂他父亲,是不讲礼貌。"朋友感到惭愧,下车去拉元方,元方头也不回跑进了门。

短文讲了一个显而易见的道理。言而有信是每一个人都该坚守的原则,就这一点而言,陈太丘的朋友无疑是理亏的一方;当着晚辈的面指责他的长辈,这显然有失道德和礼貌,何况指责本身就站不住脚。陈太丘这位朋友目中无人、无德无礼,让别人讨厌。年幼的陈元方虽只有七岁,但明白不是父亲的过错,而是父亲的朋友失信在先。尊重是相互的,我们在抱怨别人的同时,要反思一下自己平时的言行是否有不妥当的地方;只有自己品德高尚,才能获得别人的认同和尊重。

王戎[1]识李

王戎七岁，尝与诸[2]小儿游[3]。看道边李树，多子[4]折枝[5]，诸儿竞走[6]取之，唯[7]戎不动。人问之，答曰："树在道边而多子，此必苦李。"取之，信然[8]。

——《世说新语·雅量》

注　释

①王戎：西晋琅琊（今属山东）人，自幼就聪明过人，好清谈，为"竹林七贤"之一。

②诸：众。

③游：玩。

④子：果实。

⑤折枝：压弯了树枝。

⑥竞走：争相地跑过去。

⑦唯：只有。

⑧信然：真是这样。

赏　析

王戎七岁的时候，与很多小朋友一起玩耍。他们看见路边树上结了很多李子，枝条都被压弯了，当那些小朋友都争先恐后地跑去摘李子的时候，只有王戎没有去。有人问他为什么不去摘果子，他说："李树在道路旁结了许多李子，却没有人去摘，李子必定是苦的。"摘下李子来尝，果真是这样。

这个故事告诉我们，遇事要善于观察，认真思考，不要盲目追随他人，要有自己的判断。

王戎观虎

魏明帝于宣武场上断虎爪牙，纵[①]百姓观之。王戎七岁，亦[②]往看，虎承间[③]攀栏而吼，其声震地，观者无不辟易[④]颠仆[⑤]，戎湛然[⑥]不动，了无[⑦]惧色[⑧]。

——《世说新语·雅量》

注释

①纵：任凭，任由。

②亦：也。

③承间：趁机。

④辟易：躲避。

⑤颠仆：跌倒。

⑥湛然：安定、镇定的样子。

⑦了无：一点也没有。

⑧惧色：害怕的样子。

赏析

魏明帝在宣武场上拔掉老虎的爪子和牙齿，任凭百姓观看。王戎当时七岁，也前往观看。老虎抓住栅栏空隙爬上栏杆，吼声震天动地，围观的人没有一个不吓得连连退避，跌倒在地。唯独王戎镇定自若地站在原地，丝毫没有害怕恐惧的样子。

王戎小小年纪，却能如此镇静，实在不易。王戎面对猛虎不害怕，一方面因为他非凡的胆识，另一方面因为他细致的观察。此虎已无爪无牙，且在栅栏内，即使吼声震天动地，也伤害不了人，所以他一点都不害怕。

戴逵善画

戴安道[①]年十余岁,在瓦官寺画。王长史[②]见之曰:"此童非徒[③]能画,亦终当致名[④]。恨吾老,不见其盛时[⑤]耳!"

——《世说新语·识鉴》

注释

①戴安道:指戴逵。戴逵,字安道,东晋著名隐士,也是著名的画家、雕塑家和音乐家。

②王长史:指王濛。王濛,字仲祖,出身魏晋时期第一流的名门——太原王氏。东晋中期名士的领军人物之一。

③徒:仅仅。

④致名:成名,出名。

⑤盛时:功成名就的那一天。

赏析

戴逵十多岁的时候,在建康城内的瓦官寺作画。王濛看到了,说:"这个孩子不仅能画画,以后一定会名扬四海。可惜我年纪大了,看不到他出名的那一天。"

这篇文章展现了戴逵的少年天赋,也说明了王濛的慧眼识珠。王濛之所以慧眼识珠,是因为戴逵画的佛像生动传神,栩栩如生,而这一切都是因为戴逵非常谦虚,他经常听取别人对他画作的建议。只有天赋与努力结合,才能功成名就。

王裴访钟

王濬冲、裴叔则[1]二人，总角诣钟士季[2]，须臾[3]去，后客问钟曰："向[4]二童何如？"钟曰："裴楷清通，王戎简要。后二十年，此二贤当为吏部尚书，冀[5]尔时[6]天下无滞才[7]。"

——《世说新语·赏誉》

注　释

①王濬冲：王戎，"竹林七贤"之一。裴叔则：裴楷，三国曹魏及西晋时期大臣。

②钟士季：钟会，字士季。

③须臾：不久，一会儿。

④向：刚才。

⑤冀：希望。

⑥尔时：那时。

⑦滞才：被滞留、埋没的人才。

赏　析

王戎、裴楷两人小的时候拜访钟会，一会就离开了，后来客人问钟会："刚才的两个孩子怎么样？"钟会说："裴楷清明通达，王戎言简意赅。二十年后，这两位贤士必定会成为吏部尚书，希望那时天下没有被埋没的人才。"

人们常说"三岁看老"，意思是通过一个小孩的言行举止便可以判断其以后会成为什么样的人。本文即反映了这一点，说明了一个人的行为习惯会影响他的一生。

何氏之庐

何晏[①]七岁，明惠[②]若[③]神，魏武奇[④]爱之。因晏在宫内，欲[⑤]以为子。晏乃[⑥]画地令方[⑦]，自处其中[⑧]。人问其故，答曰："何氏之庐[⑨]也。"

魏武知之，即遣还[⑩]。

——《世说新语·夙惠》

注　释

①何晏：字平叔，南阳宛（今属河南）人。

②明惠："惠"通"慧"，聪明而充满智慧。

③若：好像。

④奇：这里是特别的意思。

⑤欲：想要。

⑥乃：于是，就。

⑦画地令方：在地上画一个方形。

⑧自处其中：自己待在里面。

⑨庐：（简陋的）房屋。

⑩遣还：遣送回家。

赏　析

何晏七岁时就已经非常聪慧，曹操很喜欢他。因为何晏生长在宫中，所以曹操想要收他为义子。何晏就在地上画了个方形，自己待在里面。别人问他什么意思，他说：“这是何家的房子。”曹操知道后，马上把何晏送回了家。

何晏年幼时是一个非常聪明的孩子，但他无心攀附权贵，作为一个孩子，他当然只念自家的好。他借助在地上画方形传达自己的心愿，可见何晏确实是个聪慧的人。

衰宗之宝

司空顾和[①]与时贤共清言[②]。张玄之、顾敷是中外孙[③]，年并七岁，在床边戏。于时闻语，神情如不相属[④]。瞑[⑤]于灯下，二小儿共叙客主之言，都无遗失。顾公越席[⑥]而提其耳曰："不意[⑦]衰宗[⑧]复生此宝。"

——《世说新语·夙惠》

注释

①顾和：字君孝。官至尚书令。

②清言：清谈，辩论玄学。

③中外孙：孙子和外孙。中孙，儿子所生。外孙，女儿所生。

④相属：专注。

⑤瞑：夜晚。

⑥越席：离开座位。

⑦不意：没想到。

⑧衰宗：衰败的宗族，此处是称自己的家族。

赏析

司空顾和与当时的名流一起清谈，张玄之、顾敷是他的外孙和孙子，年龄都是七岁，在坐榻边嬉戏。当时听大人们谈话，他们的神情好像并不在意。晚上在灯下，两个小家伙一起叙述主客双方的对话，竟没有一点遗漏。顾和高兴得离开座位，拎着两个人的耳朵说："没料到我们这个家族还生了你们两个宝贝!”

小孩子天生都有模仿能力,而模仿能力的高低也表明了他的学习能力。文章反映了聪明的孩子会在不经意间模仿大人学会为人处世的道理。

陶母责子退鲊

陶公[①]少时，作鱼梁[②]吏。尝以坩鲊[③]饷母[④]。母封鲊付使[⑤]，反书[⑥]责侃曰："汝为吏，以官物[⑦]见饷，非唯不益[⑧]，乃[⑨]增吾忧[⑩]也。"

——《世说新语·贤媛》

注　释

①陶公：即陶侃（kǎn），东晋名将。

②鱼梁：拦截水流以捕鱼的设施。

③坩鲊（gān zhǎ）：一坛糟鱼。坩，用泥土烧制而成的陶器。

④饷（xiǎng）母：赠送给母亲。饷，馈赠。

⑤付使：交还送鱼来的人。

⑥反书：回信。书，信。

⑦官物：官府的东西。

⑧非唯不益：（这样做）不仅没有好处。

⑨乃：反而。

⑩忧：忧虑。

赏　析

东晋陶侃年轻时当过浔阳县的小吏，专门监管鱼梁事务。一次，他派人将一坛糟鱼送给母亲品尝，没料到陶母不但令差役送回糟鱼，而且写信责备他："你做官，拿官府的东西送给我，不仅不能给我带来好处，反而给我增添了忧虑。”

陶侃母亲拒绝收儿子利用职务之便送的一坛糟鱼，教育儿子做官要清正廉洁，不要为自己谋求私利。由此可见，陶母是一位教子有方、深明大义的母亲，正是这位母亲正确的教导，陶侃终成国家栋梁之才。我们要学习陶母洁身自好的优良品质。

欧阳修苦读

欧阳公[①]四岁而孤[②]，家贫无资。太夫人以[③]荻[④]画地，教以书字。多诵[⑤]古人篇章，使学为诗。及[⑥]其稍长，而家无书读，就闾里[⑦]士人[⑧]家借而读之，或[⑨]因[⑩]而抄录。抄录未毕，而已能诵其书[⑪]。以至昼夜忘寝食，惟读书是务[⑫]。自幼所作诗赋文字[⑬]，下笔已如成人。

——《欧阳公事迹》

注释

①欧阳公：指欧阳修，北宋文学家、史学家。

②四岁而孤：四岁时失去父亲。

③以：用。

④荻（dí）：多年生草本植物，形状像芦苇，生长在水边。

⑤诵：朗诵。

⑥及：等到。

⑦闾（lǘ）里：乡里、邻里。

⑧士人：这里指读书人。

⑨或：有时。

⑩因：趁着。

⑪书：书写的内容。

⑫务：正事，任务。

⑬诗赋文字：诗歌文章。

赏　析

欧阳修在四岁时失去父亲，他家境贫穷，没有钱上学。欧阳修的母亲用芦苇秆在沙地上教他写字。母亲还给他诵读古人的文章，并让他学习写诗。等到他年长一些后，由于家里没有书可读，他就到乡里的读书人家去借书来读，有时借此机会抄录下来，还没抄完，他已经会背诵这些文章了。因此他不分昼夜，废寝忘食，只把读书当作正事。他小时候所作的文章就和大人一样有文采。

欧阳修是“唐宋八大家”之一。他小时候虽然家里贫穷，但他克服重重困难，勤学苦读，终有所成。欧阳修的经历告诉我们，只要有着远大志向和吃苦精神，就一定会成功。他刻苦学习的精神值得我们赞赏和学习。

小儿不畏虎

有妇人昼日[①]置[②]小儿沙上而浣衣[③]于水者。虎自山上驰来，妇人仓皇[④]沉水避[⑤]之。二小儿戏沙上自若[⑥]。虎熟视[⑦]久之，至以首[⑧]抵触，庶几[⑨]其一就惧[⑩]；而儿痴[⑪]，竟不知。虎亦寻卒去[⑫]。噫[⑬]，虎之食人，先被[⑭]之以威，而不惧之人，威亦无所施欤。

——《东坡全集》

注 释

①昼日：白天。

②置：安放。

③浣(huàn)衣：洗衣服。

④仓皇：匆忙而慌张。

⑤避：躲避。

⑥自若：神情镇定、自然。

⑦熟视：仔细看。

⑧首：头。

⑨庶几：表示可能或期望。

⑩惧：害怕。

⑪痴：傻。这里指没有常识。

⑫寻卒去：不久(老虎)终于离开了。寻，随即，不久。

⑬噫：表感叹。

⑭被：施加，给……加上。

赏　析

白天的时候，妇人将孩子放在沙滩上，自己去河边洗衣服。没想到老虎从山上跑了下来，妇人慌忙潜入水里躲避老虎。两个小孩还在沙滩上自由玩耍。老虎仔细看了他们很久，甚至用脑袋来触碰他们，希望让他们其中一个感到害怕，但是小孩很无知，一点都不害怕。不久老虎终于离开了。估计老虎吃人，先要对人施加威风来吓唬人；可是对于不害怕的人，它的威风也就没有施展的地方了。

有时候知道的东西多了，反而唯唯诺诺，害怕很多事情。这篇短文其实是赞赏“初生牛犊不怕虎”的勇气。面对艰难困苦时，我们不应该望而生畏，自伤锐气；只有无所畏惧，才会成功有望。

读书要三到

余尝谓[①]读书有三到，谓心到、眼到、口到。心不在此，则眼不看仔细，心眼既不专一，却只漫浪[②]诵读，决不能记，记亦[③]不能久也。三到之中，心到最急[④]，心既到矣[⑤]，眼口岂[⑥]不到乎[⑦]？

——《训学斋规》

注释

①余尝谓：我曾经说过。谓，说。

②漫浪：随意。

③亦：也。

④急：重要，要紧。

⑤矣：语气词，相当于“了”。

⑥岂：难道。

⑦乎：语气词，相当于“吗”。

赏析

我曾经说过：读书有三到，即心到、眼到、口到。心思不在书本上，那么眼睛就不会仔细看；心和眼不专心致志，只是随随便便地读，就一定不能记住，即使记住了也不能长久。三到之中，心到最重要。心已经到了，眼和口难道会不到吗？

读书“三到”是南宋理学家朱熹提出的主张。读书时只有全神贯注，才会更好地读懂书的内容，也会收获更多的道理。

范仲淹有志于天下

范仲淹二岁而孤[1]，母贫无依，再适常山朱氏[2]。既[3]长，知其世家[4]，感泣辞母，去[5]之[6]南都[7]入学舍。昼夜苦学，五年未尝[8]解衣就寝[9]。或夜昏怠[10]，辄[11]以[12]水沃面[13]。往往饘[14]粥不充，日昃[15]始食，遂大通六经[16]之旨[17]，慨然[18]有志于天下。常自诵[19]曰：当先天下之忧而忧，后天下之乐而乐。

——《宋名臣言行录》

注释

①孤：幼年失去父亲。

②再适常山朱氏：改嫁到常山姓朱的人家。适，出嫁。

③既：等到……之后。

④知其世家：知道了自己的家世。世家，家世。

⑤去：离开。

⑥之：到，往。

⑦南都：指应天府，今河南商丘。这里的南都学舍为当时著名学舍。

⑧尝：曾经。

⑨解衣就寝：脱去衣服上床睡觉。

⑩昏怠：昏沉困倦。

⑪辄（zhé）：就。

⑫以：用。

⑬沃面：洗脸。沃，用水淋洗，这里指“洗”。

⑭馇(zhān):稠粥。

⑮昃(zè):太阳偏西。

⑯六经:指《诗》《书》《礼》《易》《乐》《春秋》。

⑰旨:要义。

⑱慨然:形容慷慨激昂。

⑲诵:吟诵。

赏析

范仲淹幼年家贫,母亲无依无靠,改嫁到常山姓朱的人家。范仲淹长大一点,知道自己的身世后,哭着离开母亲,到南都学舍学习。他昼夜苦读,五年里睡觉几乎没有解开衣服,有时夜晚困倦了,就用冷水洗脸;他常常白天苦读,不吃什么东西,直到太阳偏西才吃一点稀饭。就这样,他精通了六部经典著作的要意,并树立了治理天下的雄心壮志。他常常吟诵:“应当在天下人忧愁之前先忧愁,在天下人都享乐之后才享乐。”意思是将国家、民族的利益摆在首位,为国家的前途、命运担忧分愁,为天下的人民幸福出汗流血。

这篇文章启示我们青少年应有居安思安、戒奢以俭的意识,我们要为实现中华民族伟大复兴的中国梦奉献毕生的力量。

铁杵磨针

磨针溪，在眉州[①]象耳山下。世传[②]李太白读书山中，未成[③]，弃去[④]。过小溪，逢[⑤]老媪[⑥]方[⑦]磨铁杵[⑧]，问之，曰："欲[⑨]作针。"太白感[⑩]其意，还卒业[⑪]。媪自言姓武。今[⑫]溪旁有武氏[⑬]岩。

——《方舆胜览》

注释

①眉州：地名，今四川省眉山一带。

②世传：世世代代相传。

③未成：没能完成。此处指没有完成学业。

④去：离开。

⑤逢：遇到，遇见。

⑥媪（ǎo）：妇女的通称。

⑦方：正在。

⑧铁杵：铁棍，铁棒。杵，用来舂米或捶衣，一头粗一头细的圆棒。

⑨欲：想要。

⑩感：被……感动。

⑪还：回去。卒业：完成学业。

⑫今：现在。

⑬氏：姓。

赏　析

磨针溪坐落在眉州的象耳山下。传说李白在山中读书的时候,没有完成自己的学业,便想放弃学习离开了。他路过一条小溪,遇见一位老妇人在磨铁棒,于是问她在干什么。老妇人说:“我想把它磨成针。”李白被她的精神所感动,就回去继续完成学业。那老妇人自称姓武,现在那溪边还有一块武氏岩。

“只要功夫深,铁杵磨成针”,这个故事告诉我们,无论做什么事,都需要持之以恒的精神,锲而不舍终能成就一番事业。

破瓮救友

光生七岁[①],凛然[②]如成人。闻[③]讲《左氏春秋》[④],爱之,退为家人讲,即了[⑤]其大指[⑥]。自是[⑦]手不释[⑧]书,至不知饥渴寒暑。群儿戏于庭,一儿登瓮[⑨],足跌没水中,众皆弃去[⑩]。光持石击瓮,破之[⑪],水迸[⑫],儿得活。

——《宋史·司马光传》

注释

①光生七岁:司马光长到七岁。

②凛然:严肃庄重的样子。

③闻:听,听到。

④《左氏春秋》:又称《左传》,相传是春秋时期左丘明编撰的一部史书。

⑤即了:就了解。

⑥大指:大意,主要意思。指,通“旨”。

⑦自是:自此,从此。

⑧释:放下。

⑨瓮(wèng):口小腹大的一种容器。

⑩弃去:逃走。

⑪破之:把瓮打破了。之,它,指瓮。

⑫迸(bèng):涌出。

赏析

司马光七岁的时候,就好像成年人一样稳重。他听到大人讲《左氏春秋》，十分喜爱，回家讲给家人听，能了解其大意。从此他手不释卷，甚至连饥渴寒暑都毫不在意。一群小孩在庭园中游戏，有同伴落水，其他孩子惊慌失措，纷纷离开。司马光拿起石头把水缸砸破，救出了同伴。

这则短文告诉我们，要向司马光学习，遇到危险时一定要沉着、冷静，这样才能采取有效行动。

王冕好学

王冕者，诸暨人。七八岁时，父命牧牛陇[①]上，窃[②]入学舍，听诸生诵书；听已，辄默记。暮归，忘其牛。或[③]牵牛来责蹊田[④]者。父怒，挞[⑤]之，已而复如初。母曰："儿痴如此，曷[⑥]不听其所为[⑦]？"冕因去[⑧]，依僧寺以居。夜潜[⑨]出，坐佛膝上，执策[⑩]映长明灯读之，琅琅达旦[⑪]。

——《宋学士全集·王冕传》

注释

①陇（lǒng）：通"垄"，田埂。

②窃：偷偷地，暗中。

③或：有人；有的人。

④蹊（xī）田：践踏田地，指踩坏了庄稼。蹊，走过，践踏。

⑤挞（tà）：鞭打。

⑥曷（hé）：通"何"，为什么。

⑦听其所为：由他去做什么。

⑧去：离开，离去。

⑨潜：暗暗地、悄悄地。

⑩执策：拿着书卷。

⑪达旦：整整一夜到天亮。

赏析

王冕是诸暨人。七八岁的时候，父亲让他去田埂上放牛，他偷偷地去学堂听学生读书，听完以后总是默默记住。傍晚回家，他把牛都忘了。有人把牛牵来，责问他们家的牛踩坏了庄稼。王冕的父亲听后很生气，打了王冕一顿。事情过后，他仍是这样。王冕的母亲说："孩子这样痴迷读书，为什么不由着他呢？"后来，王冕离开家，寄住在寺庙里。一到夜里，他就悄悄地走出来，坐在佛像的膝盖上，借着佛前长明灯的灯光读书，琅琅的读书声一直持续到天亮。

王冕幼年没有机会读书，但他渴望读书，几乎到入迷的程度。王冕后来成为著名的画家、诗人，与他好学、专注都有很大的关系。文章告诉我们要珍惜青春年华，不要辜负大好时光。

宋濂苦学

余[①]幼时即嗜[②]学。家贫，无从[③]致[④]书以观，每假[⑤]借于藏书之家，手自[⑥]笔录，计日[⑦]以还。天大寒，砚冰坚，手指不可屈伸，弗之怠[⑧]。录毕[⑨]，走[⑩]送之，不敢稍逾约[⑪]。以是[⑫]人多以书假余，余因得遍观群书。

——《送东阳马生序》

注　释

①余：我，这里是宋濂自称。

②嗜（shì）：喜爱。

③无从：没有办法。

④致：求取获得。这里指买到。

⑤假：借。

⑥手自：亲手。自，亲自。

⑦计日：计算着日子（文中指按日子）。

⑧弗（fú）之怠（dài）：即“弗怠之”，不懈怠，不放松抄写。

⑨毕：完成。

⑩走：跑。

⑪逾约：超过约定的期限。

⑫以是：因此。

赏　析

宋濂自幼好学，没有钱买书就从别人家借书抄录，即使天寒地冻，手指不能伸直也没有停止抄写。因为总能按时归还借阅的书，所以大家都愿意把书借给他看，他也就可以读到更多的书。就这样借书、看书、抄书、还书，宋濂终于得以博览全书，满腹经纶。

本文的劝勉之意溢于言表，诗人没有说大道理，而是抓住怎样实现“学有所成”这一点，现身说法。宋濂坦诚叙述自己幼时家贫借书的艰苦历程，勉励后生要努力学习。宋濂的这种刻苦、勤奋的学习精神令人敬佩，也值得大家学习。

文徵明习字

文徵明临写《千字文》，日[①]以十本为率[②]，书[③]遂大进。平生于[④]书[⑤]，未尝[⑥]苟且[⑦]，或[⑧]答人简札[⑨]，少[⑩]不当意，必再三易[⑪]之不厌[⑫]，故[⑬]愈老而愈益[⑭]精妙。

——《书林纪事》

注　释

①日：每天。

②率：标准。

③书：书法艺术。

④于：对，对于。

⑤书：写字。

⑥未尝：不曾。尝，曾经。

⑦苟且：敷衍了事，马虎。

⑧或：有时。

⑨简札：信件，书信。

⑩少：通"稍"，稍微。

⑪易：改换，更换。

⑫不厌：不嫌烦。

⑬故：所以。

⑭益：愈加，更加。

赏　析

文徵明临摹《千字文》，每天以写十本作为标准，他的书法水平迅速提高。平时对于写字，他也从来不马虎；有时给人回复书信，稍微有一点不满意，必定再三改动而不厌烦。因此他的书法艺术越到老年，越发精湛高超。

文徵明被誉为“吴中四才子”之一，他勤学苦练、一丝不苟练习书法的故事告诫我们：只有脚踏实地、坚持不懈才能成功。

龟兔竞走

龟与兔竞走[1]，兔行速[2]，中道而眠[3]，龟行迟[4]，努力不息[5]。及[6]兔醒，则龟已先至[7]矣。

——《意拾喻言》

注　释

①竞走：赛跑。

②速：快。

③眠：睡觉。

④迟：慢。

⑤不息：不停。

⑥及：等到。

⑦先至：提前到达。

赏　析

乌龟与兔子赛跑，兔子跑得快，在途中睡着了。乌龟走得慢，但是努力不停地往前走。等到兔子醒了，而乌龟已提前到达了终点。

这个故事告诉我们：骄傲使人落后，虚心使人进步。我们做事情要脚踏实地、坚持不懈，这样才能取得进步。

说谎

昔[1]有牧童，为人牧羊[2]于野，童又无知，辄戏言[3]曰："狼来矣！狼来矣！"众奔出视之，狼固[4]无有也。众归后，不意[5]果有狼来，童急[6]曰："狼来矣！狼来矣！"众以其谎[7]也，不理之，致羊为狼食尽。悲夫[8]！世之好说谎者，平素[9]人皆知其诈[10]，虽真遇急难[11]，求人援手[12]，而人亦不信之矣。

——《意拾寓言》

注　释

①昔：以前。

②牧羊：放羊。

③戏言：随便说说并不当真的话。

④固：本来。

⑤不意：没想到。

⑥急：着急。

⑦谎：说谎。

⑧悲夫：可悲啊！

⑨平素：平时。

⑩诈：欺骗。

⑪急难：紧急困难。

⑫援手：帮忙。

赏析

从前有一个牧童在野外放羊，牧童不明事理，竟然谎称："狼来了！狼来了！"人们赶来帮他，可没见到狼，才知道牧童欺骗了他们。人们走后，没想到狼当真来了，他着急地喊道："狼来了！狼来了！"大家以为他又在说谎，都不理他，最后羊被狼吃光了。可悲啊！世上喜欢说谎的人，平时人们都知道他惯于欺骗，即使他真的遇到困难，向别人寻求帮助，别人也是不相信他的。

这一篇古文版的《狼来了》的故事，语言简洁，道理深刻，它告诉我们：说谎是一种不好的行为，既不尊重别人，也会失去别人对自己的信任；这种不信任如果长期存在，带来的结果也许是灾难性的。我们应该养成诚恳待人的良好品质。

春日寻芳

时芳草[①]鲜美，儿童放纸鸢于村外；春花绚烂，妇女戏[②]秋千于杏院。小姊妹[③]或三三五五踏青陌[④]上，寻芳水滨[⑤]。桃红柳绿，日丽风和，一年节令[⑥]，此为最佳时也。

——《临朐(qú)县志》

注释

①芳草：花草。

②戏：玩耍。

③姊(zǐ)妹：姐妹。

④陌：田间的小路。

⑤水滨：水边。

⑥节令：时光。

赏析

现在正是花草鲜艳美丽的时候，儿童在村外放风筝。春花绚丽灿烂，妇女们在庭院里荡秋千。女孩子们三三两两结伴去田间小路上踏青，去水边寻找美丽的花草。这桃红柳绿、风和日丽的美景，真是一年中最美好的时光。

文中通过"放纸鸢""戏秋千""踏青陌"三个场景，将人们对于春天的喜爱之情展现得淋漓尽致。而"芳草鲜美""春花绚烂""桃红柳绿""日丽风和"四个词语，又将春日的美景形容得十分贴切。如此美好的时节，确是出游赏玩的季节。